TRADUÇÃO
JULIA DA
ROSA SIMÕES

VIVER DENTRO DO FOGO

ANTOINE VOLODINE

ERCOLANO

TÍTULO ORIGINAL *Vivre dans le feu*

Esta publicação segue as normas do Acordo Ortográfico da Língua Portuguesa, Decreto nº 6.583, de 29 de setembro de 2008.

TRADUÇÃO
Julia da Rosa Simões

EDIÇÃO
Régis Mikail

PREPARAÇÃO
Letícia Mei

REVISÃO
Bárbara Waida

DESIGN
Tereza Bettinardi
Marta Gaggi (assistente)

PRODUÇÃO GRÁFICA
Lilia Góes

Imagem de capa e do miolo
Shutterstock

DIREÇÃO GERAL E EDITORIAL
Régis Mikail
Roberto Borges

DIREÇÃO DE COMUNICAÇÃO E MARKETING
Roberto Borges

COORDENAÇÃO EDITORIAL
Mariana Delfini

COORDENAÇÃO DE DESIGN
Tereza Bettinardi

COORDENAÇÃO COMERCIAL E DE EVENTOS
Mari Abreu

ASSISTÊNCIA ADMINISTRATIVA
Láiany Oliveira

ASSISTÊNCIA EDITORIAL E DE COMUNICAÇÃO
Victória Pimentel

PROJETO GRÁFICO
Estúdio Margem

REDES SOCIAIS
VICA Comunicação

DESIGN DE COMUNICAÇÃO
Chris Costa

ASSESSORIA DE IMPRENSA
Kulturális

CONSULTORIA FINANCEIRA
Daniela Senador

SITE
Agência Dígiti

AGRADECIMENTOS
Ligia Gadia Ulian, Marilou Benzoni,
Marion Loire, Zilmara Pimentel

Cet ouvrage, publié dans le cadre du Programme d'Aide à la Publication année 2025 Carlos Drummond de Andrade de l'Ambassade de France au Brésil, bénéficie du soutien du Ministère de l'Europe et des Affaires étrangères.

Este livro, publicado no âmbito do Programa de Apoio à Publicação ano 2025 Carlos Drummond de Andrade da Embaixada da França no Brasil, contou com o apoio do Ministério francês da Europa e das Relações Exteriores.

AMBASSADE
DE FRANCE
AU BRÉSIL
Liberté
Égalité
Fraternité

SUMÁRIO

INÍCIO DO FIM

8

O AVIÃO COMEÇOU A LANÇAR NAPALM SOBRE A ALDEIA. NÃO SEI A QUAL CIVILIZAÇÃO-MODELO ELE PERTENCIA NEM EM QUE JARGÃO O PILOTO CONVERSAVA COM SUA BASE E SEUS MANDANTES. UMA LÍNGUA DE ASSASSINOS, certamente, mas talvez não o inglês militar básico. A coalizão conta com todo tipo de matadores, nações matadoras e partidários de uma limpeza étnica sem fronteiras, e os desertores não faltam. Então o sujeito no comando, ao apertar o botão que acionava a abertura dos reservatórios, talvez tenha gritado um comentário entusiasmado num idioma similar a minha língua materna. Inglês militar básico, com um sotaque caipira dos altiplanos. E afinal, que diferença faz a pronúncia errada ou impecável dos assassinos no momento em que eles despejam sobre nós toneladas de bombas incendiárias? Não faz muita diferença, para nós, que eles sejam os inimigos de sempre ou traidores que acabaram de mudar de lado. Agora que o líquido em chamas bloqueia o horizonte e se aproxima de nós na velocidade de um tsunami pesadelar, não faz muita diferença.

Estamos em terreno aberto e bem na trajetória da imensa nuvem laranja. A morte avança sobre nós. Proteger-se? Fugir? Procurar abrigo é uma ideia ridícula e absurda. Começar a correr já não faz sentido algum. Em pouco, pouquíssimo tempo, estaremos submersos no horror, sem ar para gritar, envoltos num sofrimento inimaginável. Mas não podemos prever como será esse horror, esse sofrimento. Obviamente, esperamos que dure o mínimo possível. Mas não sabemos. O mesmo vale para o que vem depois. Nada. Mais nada?... É o que esperamos.

De repente, não penso mais nos outros ao meu lado. Suponho que já não nos distingam, um grupo de dez soldados indígenas, de roupa cáqui porque estamos na guerra, aterrorizados, desesperados, tomados de ódio ou raiva, todos do mesmo tamanho e com a mesma expressão de imbecilidade final. De ceticismo idiota diante do inevitável. Olhei para eles uma última vez, sem ter tempo de reconhecê-los, e agora não vejo mais ninguém.

Não vejo mais ninguém.

É como se já tivesse esquecido que eles existem.

Só penso em mim.

Estou quase chegando ao momento derradeiro, aquele em que passamos em revista tudo o que vivemos, da infância à idade adulta e seu fim brutal. Como todo mundo, já ouvi falarem que, com o último suspiro, o filme da nossa vida passa em ritmo acelerado atrás dos olhos fechados, a toda velocidade, oferecendo ao condenado uma grandiosa satisfação cinematográfica. Ainda não tive essa experiência, mas duvido que venha a ter. Tendo a crer que a consciência em pânico já não consegue funcionar, que ela fica bloqueada em uma única imagem do presente. Uma imagem congelada, acompanhada de uma sensação de colapso irreversível. Nenhuma lembrança precisa, agradável ou não. A consciência grita uma última imagem inútil. A abominável certeza, presente. E quando o grito se apaga no meio das chamas e da dor, imagino que seja ainda pior.

Mas enfim, chega de especular.

Vai saber o que acontece no momento supremo.

Então, de repente, só penso em mim. Preciso dizer que não vejo mais os outros. E agora, bem na frente, uma onda gigantesca, com seus vapores de querosene.

Prendo a respiração. Detesto esse cheiro.

E, bem, já que chegamos a esse ponto, melhor reagir. Afinal, para esse último estalo de agonia, em vez de assistir ao filme da minha vida, sequência apocalíptica que conheço de cor e que não vai me proporcionar nenhum prazer de descoberta, melhor compor um romance. Um pequeno romance gritado em ritmo acelerado, a toda velocidade. Às pressas. Era o que eu sabia fazer antes, não há motivo para que não consiga agora, ainda que as circunstâncias me impeçam de corrigir repetições e imperfeições.

Viajar uma última vez. Dizer tudo, inventar tudo, não ceder ao desespero diante do indizível.

É o que sei fazer.

E pensando assim, por alto, disponho de um segundo.

Então tenho todo o tempo do mundo.

VOVÓ REBECCA

12

FECHEI O CADERNO E O COLOQUEI AO MEU LADO, À DIREITA, SOBRE O APOIO DE BRAÇO. O COURO DA POLTRONA TINHA SIDO TÃO ARRANHADO PELOS GATOS QUE NÃO PASSAVA DE UMA PROFUSÃO DE RETALHOS DESGRENHADOS.

As letras que compunham o título tinham sido pintadas à mão, com uma elegância sinuosa e imaginativa, simulando pequenas chamas douradas, vermelhas, rajadas de laranja. Como o formato era pequeno, dava a impressão de ser um livro, um belo livro de capa artesanal. *Viver dentro do fogo.*

Minha avó me encarava com um ar interrogativo.

— Então? — ela indagou.

Sua pergunta me deu um susto.

Achei que tivesse adormecido à minha frente, como costumava acontecer, mas naquele dia não, se mantivera alerta, me observando com os olhos semicerrados. Não se movera enquanto eu mergulhava na leitura e não prestava atenção nela. Os gatos ao seu redor também não tinham se mexido. Ela provavelmente fechara os olhos uma que outra vez, mas me vigiava enquanto eu avançava no manuscrito que me entregara, atenta às minhas reações, ansiosa para ouvir minha opinião sobre o texto assim que eu virasse a última página.

Os gatos. Animais afetuosos, bastante ronronantes, mas que só se deixavam acariciar por ela e que bufavam quando tentávamos fazer algum carinho. Na verdade, eram uma excrescência orgânica de minha avó, complementos selvagens, que só obedeciam a ela. Zahime, Daduk, Mimine, Chichi, Mitsuko. A gente sentia vontade de se esfregar neles com languidez, mas bastava aproximar a mão para levar uma unhada.

O ar cheirava a animais confinados, pelos, biscoitos molhados em leite, assoalho mijado inúmeras vezes, roupas de lã. Sem falar no azedume mal dissimulado de um corpo de idosa. Respirei fundo, arqueando tudo o que podia arquear em meu rosto. Uma mímica que não significava nada. Eu sabia que palavras se formariam em meus lábios, mas, por enquanto, ignorava quais.

Vovó Rebecca estava mais mirrada do que nunca. Baixinha na juventude, do tamanho de uma criança, ela não havia parado de encolher ao longo das décadas e, agora, embora ainda tivesse um tamanho humano, quase desaparecia entre seus felinos preferidos, que eram grandes, velhos e barrigudos, e em número de cinco. Ela parecia engolida por uma peliça.

Eu sentia por ela um apego considerável. Raramente o expressava, pois ela tinha um espírito autoritário e considerava qualquer demonstração de afeto uma bajulação insincera, destinada a amenizar suas intransigências. Eu me abstinha, portanto, de todo sentimentalismo bobo. Não se deve concluir que tínhamos uma relação em que predominava a frieza, de jeito nenhum. A ternura entre nós era recíproca e, simplesmente, se expressava com moderação. Além disso, eu sabia que havia chegado a uma idade em que gestos e declarações de amor infantil devem necessariamente diminuir em intensidade e frequência.

A idade. Já que tocamos no assunto. Eu tinha oito anos, sempre insistiam nesse ponto durante as conversas familiares, e vovó Rebecca não dizia o contrário. Por outro lado, para a equipe médica que recentemente me examinara durante a consulta semestral obrigatória, eu tinha trinta e três anos. A palavra de minha família contra a dos jalecos brancos. Oito anos, ou trinta e três. Eu tinha feito minha escolha. Trinta e três anos para os militares, os médicos e os inimigos. Mas meu universo já não era o do exército, dos hospitais de campanha e dos edifícios de emergência médica, de corredores fedorentos e salas com cheiro de matadouro. Eu mudara de mundo. Agora que tinha sido desmobilizado, removido dos quadros ou contado como morto, morava em outro lugar. Com pessoas que me conheciam desde que eu havia nascido, em um clã do qual eu só podia esperar bondade e cumplicidade. Não vejo por que eu teria me oposto a eles em uma questão tão estúpida quanto a da minha idade. Eu tinha oito anos, ponto-final.

Vovó Rebecca havia afastado a cabeça do pano que cobria o espaldar da poltrona. Sua boca apresentava um leve tremor. Ela reprimia um forte desejo de dizer algo e, inclinando-se para mim sem dizer nada, me obrigava a falar. Ela queria ouvir minha reação, e não apenas um comentário de cortesia. Ela esperava uma opinião precisa e argumentada. Eu não podia me esquivar.

— Pronto, acabei — eu disse sem ênfase.

Para ganhar tempo.

Eu precisava colocar minhas ideias em ordem. Não sabia direito o que pensar do livro. Digo livro e era de fato um livro, ainda que tivesse sido copiado à mão em um grande caderno. Tinha tudo de um manual para iniciantes, de um guia prático pontuado de anedotas e reflexões teóricas sobre os sonhos, a morte e o espaço-tempo no interior das chamas. Achei perturbador, pois, embora no começo não me sentisse envolvido, ao longo das páginas tive a impressão de que o autor se dirigia a alguém como eu, um garoto confuso que tinha muito a aprender. O autor interpelava constantemente seu leitor para captar sua atenção e gravar em sua mente conselhos úteis. Ao mesmo tempo, estava escrito de forma apressada, ou seja, mal, com capítulos desordenados e saltos constantes de um assunto para outro. Não era fácil, assim de supetão, fazer um relatório da leitura.

Vovó Rebecca me confiara o caderno com certa solenidade, como um objeto precioso, um documento misterioso chamado a desempenhar um papel central na minha existência. No início, achei que quisesse que eu lesse um testamento ou algo do gênero. Eu suspeitava, agora, que queria ouvir uma opinião argumentada, muito mais do que reflexões insípidas e cautelosas.

Como ela persistia em seu silêncio inquisidor, comecei a falar.

— Somos absorvidos já na primeira página — eu disse. — Somos arrebatados e sabemos que não conseguiremos sair. É completamente estranho, mas entendemos na hora que se trata de algo vivido, não imaginado.

Até os capítulos que narram a passagem pela morte. E também as histórias que descrevem a impossibilidade de medir o tempo quando se está dentro do fogo. Às vezes, dá medo. Por causa da voz que está por trás. Parece que foi ditado de dentro de uma fogueira. Que foi ditado a um escriba que estava fora do fogo. É esse o efeito que causa. É um pouco alucinado, eu diria, como narrativa de viagem. Mas a gente acredita piamente.

Deixei passar um momento de silêncio. Não sou um grande orador. Depois de um punhado de frases, em geral prefiro me calar. Sempre tive consciência da vanidade de todo discurso. E estou convencido, por experiência própria, de que tudo que formulo com dificuldade é interpretado de maneira equivocada por meu interlocutor. Qualquer que seja meu interlocutor, homem ou mulher, amigo ou inimigo, indiferente ou não. E, rapidamente, sinto vergonha de ter tomado a palavra. Tomar a palavra é um erro, na maioria das vezes é um patético gesto de sobrevivência. Uma tentativa lamentável de trazer para fora algo pequeno que carregamos dentro de nós. Nos expomos diante dos outros, nos traímos, nos desnudamos, ficamos inutilmente desarmados, é obsceno e é um erro.

Como vovó Rebecca não respondia nada, me senti obrigado a continuar minha análise.

— Também tenho a impressão de que a voz foi deformada pela distância e pelas circunstâncias. Talvez o escriba tenha embelezado as histórias para que parecessem mais vívidas. Para que parecessem menos brutais. Talvez tenha até inventado alguns detalhes.

— Quais detalhes? — me interrompeu vovó Rebecca.

— Não sei — sussurrei, pateticamente.

Eu não estava orgulhoso de mim. Percebia que tinha falado demais e que minhas explicações desagradavam.

Continuamos a nos entreolhar, eu com olhos esquivos, vovó Rebecca com faíscas nas íris, que eu não conseguia traduzir. Certa excitação, uma vontade de me colocar no meu devido lugar, eu que não havia dito o que devia. Talvez. Ou uma leve exasperação de artista. Ela devia ter encadernado com cuidado as páginas e caligrafado o título. Talvez quisesse que eu me manifestasse sobre a beleza da capa.

Eu me sentia na pele de um garoto apanhado em falta.

— Que escriba? — ela perguntou.

— Não sei — respondi, com uma voz quase inaudível.

Eu encolhia a cabeça entre os ombros, como se estivesse prestes a levar uma bronca. Por um instante, até imaginei que ela me atiraria um de seus gatos na cara. Ela nunca usara de violência comigo, mas tinha um olhar tão vivo e indecifrável que me preparei para esse gesto, para esse arremesso de gato miando de medo, com as garras de fora. De repente, estava pronto para receber aquela massa viva em cheio na cara. Daduk ou Mitsuko, os mais robustos, os mais agressivos.

— É tudo verdade — acabou dizendo vovó Rebecca. — Foi a mim que seu avô ditou tudo, murmurando no escuro. Não precisei embelezar nada. Não inventei nada. Seu avô Iakub era um homem formidável. Nunca me arrependi de ter casado com ele. E não chorei quando se foi, porque ele continuava a falar comigo de onde estava. Fiquei triste, mas não chorei.

Ela suspirou.

— Fomos separados — ela disse. — O destino dele era viver no fogo.

Ela fez uma brevíssima pausa, quase imperceptível.

— O seu também — acrescentou.

Ela tinha os olhos brilhantes. Agora eu entendia melhor a razão daquela luz. Não era raiva por minhas observações mal formuladas. Não, ela estava revisitando sua cumplicidade com vovô Iakub, repassando o que os havia unido, vovô e ela, enquanto eles escreviam juntos aquele livro, enquanto ela capturava seu sussurro do meio da fogueira que era seu novo lar. Ela havia captado seu sussurro, ela o havia transcrito fielmente, sem floreios e sem adicionar detalhes inúteis, ao longo de não se sabe quantas noites escuras, e estava orgulhosa de ter cumprido sua tarefa. A isso se somava a alegria de me transmitir o bastão que seu esposo segurara, aquelas lições de fogo.

Ela havia acabado de se reacomodar confortavelmente na poltrona, de afundar na massa de pelagens indistintas, tigradas, avermelhadas, cinzentas e ronronantes. Apenas sua cabeça emergia.

— Pois é, Sam — ela confirmou, depois de um silêncio. — Viver no meio das chamas. Você também tem esse destino.

TIA MOIRANE

20

A ADAPTAÇÃO AO FOGO NÃO É COISA FÁCIL. FALAREI SOBRE ELA MAIS TARDE, SE OS ACONTECIMENTOS NÃO SE PRECIPITAREM. ENQUANTO ISSO, GOSTARIA DE APRESENTAR UMA FILHA DE VOVÓ REBECCA, TIA MOIRANE.

Apesar de seus notáveis dons de cantora, tia Moirane evitava se apresentar em público, mesmo quando o círculo de ouvintes não era muito amplo. O canto para ela não era uma performance artística, mas um gesto de comunhão com a natureza, e por "natureza" ela entendia o céu imenso, a floresta imensa e a estepe imensa, bem como os animais, mas não tanto os humanos, que se reuniam para ouvi-la e que ela não tinha em alta conta, mesmo os que fizessem parte da família. Quando ela cantava, nunca era num ambiente fechado, e com isso quero dizer uma sala de espetáculos ou uma moradia urbana. Ela preferia o ar livre, lugares sem limitações de qualquer tipo e, aliás, era ao ar livre que ela morava. Sua tenda circular, uma iurta, estava cercada por uma vasta extensão herbácea e deserta. Era preciso andar quatro horas a cavalo para chegar até lá.

Depois de nos cumprimentarmos, eu ia com ela para o meio do campo. O terreno era irregular e os cavalos relutavam em percorrê-lo a galope. Quando estávamos longe de tudo, apeávamos, deixávamos os animais descansarem e ficávamos no centro do infinito, insignificantes sob o céu sem nuvens.

Eu propunha um ritmo com o berimbau de boca e tia Moirane cantava. Ela era especialista em canto difônico e, para narrar uma lenda, sua voz ia do grave ao agudo, tornando-se por momentos não humana e não animal. Eu a acompanhava, minha voz já havia mudado, eu também podia brincar com minhas cordas vocais e com as diversas cavidades de minha boca e de meu nariz. Os sons que eu produzia não tinham, claro, nem a força nem a pureza dos que emanavam da magnífica garganta de tia Moirane, mas nosso dueto nos proporcionava uma intensa sensação de beleza e não tínhamos pressa de terminá-lo. Havia momentos em que ela me encorajava a rivalizar com ela. Ficávamos um de frente para o outro e nossos olhares brilhavam de prazer e cumplicidade.

Frequentemente, depois de cantar, deitávamos lado a lado sobre uma manta, e às vezes diretamente sobre os tufos de aveia-brava, mirmine-estéril, vaidosa-mirmine, shiznane-violeta. Sabíamos o nome exato das plantas, mas nos divertíamos inventando palavras para definir as espécies e os perfumes. Eu colhia um talo que sabia não ser amargo ou venenoso e o colocava entre os lábios. Tinha visto um herói fazer isso em um filme, não lembro mais qual.

— Relaxe, Sam — ela dizia.

Eu seguia mordiscando o talo. Me sentia muito à vontade com ela, mas me faltavam referências, e se havia ao menos uma coisa que eu sabia, era que sempre se devia desconfiar muito do próprio corpo e de seus impulsos, que podiam ser catastróficos.

— Me beije — ela dizia.

Tia Moirane usava roupas feitas de tecidos pesados e coloridos, de peles simples, e, com seus colares e amuletos, não tinha dificuldade alguma em parecer aos meus olhos uma rainha das estepes. Ela era muito asseada, massageava o corpo com pedras perfumadas e, quando eu me aproximava dela, quando chegava bem perto, logo me sentia inebriado por seu cheiro quente e atraente, tão diferente daquele que acompanhava as mulheres dos altiplanos, em contato íntimo demais com o gado e seus maridos.

Às vezes, enquanto a luz do dia declinava e estávamos prestes a nos separar, ela decidia me convidar para sua casa. Eu ficava em sua iurta por alguns dias que, para mim, eram paradisíacos. Além das brincadeiras afetuosas a que nos entregávamos, tia Moirane me ensinava a fazer amuletos, a escolher ervas para preparar infusões que, em alguns casos, aliviavam a dor e, em outros, podiam matar instantaneamente ou fulminar uma semana depois, e ela também me dava conselhos para dominar melhor o fluxo de ar e a posição da língua a fim de obter os extraordinários efeitos sonoros dos cantos difônicos.

Ela pressionava um dedo em meu pescoço e me obrigava a vibrar as notas até que elas se transformassem em um som metálico muito mais convincente do que aquele que normalmente saía de minha garganta. Eu conseguia tirar de mim uma melodia sinuosa que combinava uma voz de falsete a um bordão muito grave. Mas sem a mão habilidosa de tia Moirane, sem essa pressão mágica, sozinho, eu não conseguia sustentar por muito tempo nenhum acorde. Tia Moirane ria. Retomávamos nosso dueto desigual, ela com força e beleza, eu com esforço e modéstia.

O marido de tia Moirane, tio Wassaf, passava regularmente longas temporadas na prisão, pois pertencia a grupos de contrabandistas que estavam sempre infestados de espiões, mesmo quando os critérios de recrutamento eram rigorosos.

— Os bandidos têm tanto juízo quanto moscas-do-esterco — ela dizia.

Ela se queixava da imbecilidade do marido, que não conseguia aproveitar a liberdade por mais de alguns meses e sempre voltava com obstinação ao caminho do contrabando e dos assaltos furados. Depois ela passava dois minutos despejando epítetos indecorosos que qualificavam tanto os malfeitores que se deixavam capturar quanto a guarda nacional que os perseguia.

Tio Wassaf tinha acabado de ser recapturado depois de oito semanas de liberdade condicional e, dessa vez, corria o risco de apodrecer seis anos atrás das grades. Até então, acumulava penas curtas, talvez porque nunca tivesse sido pego com armas na mão e sempre fosse impossível provar de fato seu papel central nos saques dos quais era acusado. Mas duas testemunhas haviam falado e, como faziam parte de sua gangue, tinham sido levadas a sério. Ele estava envolvido no ataque a uma joalheria e no incêndio que se seguira. Não houvera mortos, mas a polícia fora recebida a tiros.

Naquela época, eu sonhava acompanhar os bandidos, entrar para a confraria, sonhava com expedições noturnas às montanhas, acampamentos em torno de fogueiras escondidas sob as pedras, operações de retaliação contra os postos isolados da guarda nacional, cavalgadas heroicas, fugas para abrigos precários, bem depois da floresta, em vales desconhecidos. Eu sonhava com cavernas secretas, invernos passados em esconderijos inacessíveis, com reservas abundantes de comida, suspensas nas fendas das rochas, fora do alcance dos animais selvagens.

Tia Moirane não se sentia muito afetada pela perspectiva de uma nova e longa viuvez. Mas a recente prisão de tio Wassaf era para ela uma fonte de exasperação. Ela suspeitava de minha atração pela vida aventureira dos gângsteres da montanha, que eu imprudentemente elogiara ao defender tio Wassaf e seus companheiros.

— Nunca siga os passos do cretino do Wassaf — ela resmungava, me empurrando com firmeza.

Eu protestava e balbuciava promessas. Afirmava que não seguiria o caminho da imoralidade e do crime. Que, ao contrário, pretendia levar uma vida exemplar e, quem sabe, me tornar monge, muito longe das tentações do ouro, das riquezas roubadas e das cavalgadas noturnas, com a guarda nacional no encalço. Mas eu falava demais. Minha falta de sinceridade era evidente.

Tia Moirane me encarava de repente com um violento desprezo.

— Se você virar bandido — ela continuava —, nunca mais vou cantar com você.

TIA YOANNA

26

TIA YOANNA TINHA UMA COLEÇÃO DE HOMÚNCULOS. ISSO NÃO ERA SEGREDO, E ME PARECE QUE TODOS NA FAMÍLIA PRÓXIMA PODIAM VER ESSA COLEÇÃO, QUANDO A VISITAVAM. NO ENTANTO, E MESMO NA PRESENÇA DE tia Yoanna, alguns encolhiam os ombros e faziam comentários desagradáveis que tendiam a colocar em dúvida sua existência ou, em todo caso, a diminuir sua importância. Vovô Bödgröm era muito veemente a esse respeito. Ele tinha uma voz grossa e agressiva e, com agressividade, explicava que, embora a coleção de fato existisse antes da guerra, hoje não valia mais nada.

Logo depois do fim das hostilidades, ele alegava, no âmbito da luta contra as superstições, a guarda nacional fizera uma operação para destruir tudo. E, desde então, essa coleção nunca fora reconstituída. Pelo que vovô Bödgröm dizia, tia Yoanna mentia. Que ela fosse uma espécie de bruxa malvada, isso ele não negava, mas nos homúnculos, não, de jeito nenhum ele acreditava, era uma tolice ridícula de mulherzinha. "Querem saber o que eu acho?", ele bradava. "Ela colocou bonequinhos de borracha dentro de uns frascos, são esses os seus homúnculos! Nada mais!" E ele acrescentava que, se havia homúnculos em algum lugar na casa dela, seriam no máximo encontrados em sua cama, porque homens de verdade por nada no mundo dormiriam com uma demônia daquelas. Ele não poupava obscenidades para falar sobre ela, descrevendo-a como uma harpia, uma vagabunda, uma promíscua viciosa. Ele era um homem marcado pela violência e pelo sexo, um homem de imprecações, de linguagem chula e de maldade. Quando tomava a palavra e se exaltava com esse assunto, ele rugia de uma forma tão ameaçadora que as pessoas ao redor silenciavam, atordoadas, paralisadas. Eu não entendia por que vovô Bödgröm era tão categórico e insultuoso a respeito de tia Yoanna, nem por que ele perdia toda a compostura. Era evidente que havia entre eles um antigo desentendimento, velhas raivas que se reacendiam pela mínima coisa. Na maioria das vezes, tia Yoanna saía batendo a porta, mas às vezes ficava sentada, terrivelmente pálida, conseguindo não olhar para lugar nenhum. Ela não respondia nada ao pai. Eu via suas mãos crispadas, seus olhos vazios, tinha a impressão de que ela estava morrendo, mas não fazia nenhum movimento em sua direção. Como todos na sala, esperava petrificado que a fúria de vovô Bödgröm se dissipasse. Para se acalmar, depois de seu discurso assustador, vovô Bödgröm abandonava o recinto e ia para o pátio cortar lenha para o inverno. A cena não era frequente, mas eu já a presenciara várias vezes, em um estado de impotência e medo.

Não era difícil perceber que as imprecações de vovô Bödgröm não tinham o menor fundamento. Ao contrário dele, tia Yoanna não tinha nada de demoníaco, a meu ver. Bastava ser convidado à casa dela para se dar conta disso e, para conhecer a série de homúnculos, correr os olhos pela grande sala onde ela recebia os visitantes. A coleção estava lá, talvez não muito espetacular, mas bem visível. Tia Yoanna morava em uma casa de dois andares que dava para a margem esquerda do Kanal. Era um bairro que os últimos fantasmas proletários tinham abandonado quando todas as empresas da região haviam fechado. Uma triste sequência de barracos operários, cinzentos e apodrecidos pela umidade, se sucedia ao longo do Kanal e, entre eles, a casa da tia Yoanna formava uma mancha alegre. Era a única que exibia uma fachada muito branca, com uma porta azul-clara sem arranhões, que tia Yoanna fazia questão de caiar e repintar todos os anos.

Tia Yoanna era uma pessoa pouco expansiva, e muitos lhe atribuíam uma desagradável frieza, de modo que ela não recebia muita gente. Sua coleção de homúnculos despertava a curiosidade geral, mas, ao mesmo tempo, repelia as almas sensíveis da família e, por outro lado, tornava-a suspeita de esconder alguma coisa, talvez uma parte inconfessável de sua vida. Ninguém acreditava nas palavras vociferadas por Bödgröm, mas, de certa forma, elas surtiam efeito. Muitos acreditavam que ela ocultava segredos terríveis e desconfiavam dela. Pelos olhares, pelas bocas fechadas, pelos olhos que piscavam, eu via que os horrores despejados por vovô Bödgröm giravam silenciosamente dentro de algumas cabeças.

Mas enfim. Eu não pensava mal algum de tia Yoanna. Não era uma dessas pessoas que repetiam mentalmente as terríveis acusações de vovô Bödgröm, com certeza sem suavizá-las. E eu ia à casa de tia Yoanna sem pensar duas vezes.

Uma vez lá dentro, éramos convidados a nos sentar na peça principal, organizada e decorada de uma maneira que lembrava mais o interior de uma tenda nômade do que um lar pequeno-burguês. Sentávamo-nos sobre almofadas e logo tínhamos nas mãos um copo de chá muito doce, apimentado com ervas e sementes das quais ela elogiava os extratos, as qualidades curativas, alucinatórias ou afrodisíacas — o comentário variava conforme o convidado. Para mim, ela privilegiava decocções alucinógenas.

— De quem você herdou esses conhecimentos sobre ervas? — eu perguntava.

Ela sorria maliciosamente.

— Bem, você sabe que sou um pouco bruxa — ela dizia, sem responder.

Ao longo das paredes, sobre os armários baixos, reinavam grandes frascos de vidro espesso, com capacidade para dez ou doze litros. Eles abrigavam embriões em álcool. O líquido era turvo, os fetos flutuavam sem graça, pálidos e disformes, com cabeças de alienígenas hidrópicos. Cinco fetos, a meu ver sem outras anomalias além do aflitivo estado de encarquilhada incompletude.

Eu me levantava, examinava-os sem grande prazer e, quando tinha passado por todos os frascos, voltava a me sentar nas almofadas.

— Oh, não é uma coleção grandiosa — comentava tia Yoanna.

— Duvido que haja uma igual em qualquer outro lugar do mundo — eu balbuciava em resposta.

— É verdade, Sam, ela é única — ela concordava, com uma ponta de ironia.

Na verdade, a coleção de tia Yoanna ficava em outro lugar. Essa que ela expunha na sala tinha o propósito de despistar, de satisfazer os amantes de monstruosidades e de calar os que estavam sob a influência de vovô Bödgröm e não acreditavam na realidade de seu pequeno museu.

Um dia, enquanto nós dois estávamos atirados sobre as almofadas multicoloridas do sofá e conversávamos sobre tudo e nada, tia Yoanna direcionou a conversa para a família, para o meu apego à família, a minhas avós, a meus tios, para minhas relações com a teoria do sangue, com a teoria do fogo, para minha relação com a ideia de vingança. Eu sabia havia muito tempo que ela tinha simpatia por mim, mas naquele momento eu percebia que não tinha certeza do julgamento que fazia a meu respeito e que me sondava para ter certezas sobre o tipo de garoto que eu me tornara. Eu voltava de uma estadia com tios distantes que ela não aprovava muito, e ela queria saber se não haviam colocado tolices em minha cabeça, pieguices sociais-democratas e nostalgias inadequadas ou apocalípticas. Queria verificar se eu não havia mudado nos últimos seis meses.

Me fazia perguntas cada vez mais indiscretas e incisivas.

Isso não me incomodava. Talvez o chá que ela me servira naquele dia fosse, além de alucinógeno, desinibidor.

Eu ainda estava passando por aquilo que abusivamente chamamos de crise da adolescência, como se ela fosse transitória e destinada a acabar na idade adulta. Digamos que, na época, eu tinha dezessete anos, mas como esse número é puramente teórico, eu também poderia declarar que já havia passado um pouco da casa dos trinta. Minha idade é problema meu. Não vamos nos estender sobre isso, é uma questão sem importância. O que contava, naquele interrogatório, é que eu queria muito agradá-la e que, como um adolescente, não hesitava em afirmar em alto e bom som ideias que me tornavam um ser passional, disposto a medir forças com a vida. Eu queria ser interessante e original. Não media palavras, expressava ideias violentas, extremistas, sobre praticamente todos os assuntos. No começo, eu estava um pouco circunspecto, mas logo passei a falar com torrencial sinceridade. Ela me levava a confessar preferências sexuais, minhas proclamações sobre o amor livre eram recebidas com um sorriso aprovador, mas o que ela realmente queria saber de mim, o que me forçava a explorar diante dela, girava em torno de minha concepção de vingança e retaliação. Como eu era da opinião de que os maus deviam receber punições impiedosas, ela me pedia para descrever as punições radicais que eles mereceriam, e eu não era avaro em detalhes sádicos. Eu me estendia em todas as direções, mas era isso que ela queria testar com mais insistência — minha sensibilidade à lei de talião, minha convicção de que, se as autoridades não podiam agir, era preciso se tornar pessoalmente o carrasco.

Exercer e aplicar a justiça, ou seja, ser o carrasco diante dos responsáveis pela desgraça. Ela voltava a isso de várias maneiras e, como eu não me contradizia em minhas afirmações, ela balançava a cabeça e me encorajava.

Eu me exaltara. Fiquei em silêncio.

Ela permaneceu um instante sonhadora, então tocou meu braço, meu joelho, e se levantou. Imediatamente fiz o mesmo. Saímos da sala principal, pegamos um corredor e ela abriu uma porta. Ela não dizia nada, eu também não. Eu me deixava guiar. A porta dava para uma escada, começamos a descer os degraus em direção ao subsolo. Eu nunca havia tomado aquele rumo, desnecessário dizer. Nunca havia tido a oportunidade de bisbilhotar a casa de tia Yoanna, de perambular por lá, seja no andar de cima ou no porão. Que eu soubesse, tia Yoanna nunca recebia visitantes fora da sala aconchegante e acolhedora onde oferecia o chá e o espetáculo dos embriões imersos em álcool. Ela talvez tivesse amantes que a acompanhavam até o quarto, mas era muito discreta a esse respeito. Vovô Bödgröm, em suas imprecações, a acusava de viver uma vida dissoluta de mulher fácil, mas essa era, é claro, uma simples e odiosa calúnia.

A escada estava limpa e bem iluminada, tinha um cheiro de gesso, de detergente e, mais adiante, um cheiro de frutas. Ela era profunda e tinha pelo menos duas curvas que impediam de ver aonde levava. Chegamos a um espaço com o chão coberto por uma fina camada de cascalho e, embora eu tivesse imaginado que estávamos indo para um porão escuro e sórdido, nos vimos em uma espécie de despensa. As luminárias eram numerosas e bem colocadas, difundindo uma luz agradável. Contra uma parede havia um armário envidraçado. Garrafas sem rótulo estavam alinhadas, frascos, caixas. Ao lado do armário havia um engradado, cheio de maçãs que exalavam um perfume de verão, muito forte, que me remetia a uma infância rural, cheia de prazeres simples e despreocupados.

Em um nicho de grandes proporções, aparentemente escavado na pedra para acolher uma estátua de santo ou de demônio, fora embutido um enorme painel elétrico, composto por vários gabinetes empilhados que formavam uma massa brilhante e negra, quase toda de ebonite, complementada por numerosos botões, alavancas e dispositivos de regulagem. Tive a impressão de estar diante da mesa de controle de uma empresa industrial. Nada a ver com a instalação de uma residência.

Lancei um olhar questionador a tia Yoanna.

— Quer uma maçã? — ela me ofereceu.

Eu não queria. A despensa não tinha nada de inquietante, mas eu não me sentia à vontade. Eu tinha acabado de ser tomado por uma suspeita irracional, provavelmente alimentada pela leitura recente de uma coletânea de contos infantis — e se tia Yoanna quisesse que eu mordesse uma maçã envenenada para que ela, por alguma bruxaria, me reduzisse a um estado de servo desmiolado, de escravo sexual ou pior ainda? Por um segundo, essa fantasia me paralisou. Por um único segundo.

— Bem, hã — gaguejei.

Me abaixei sobre a caixa perfumada.

Peguei uma maçã, depois a recoloquei entre suas irmãs. Amarelas, âmbares, atraentes.

— Mais tarde — consegui dizer, me endireitando.

Tia Yoanna percebeu meu incômodo, mas não se importou. Talvez entendesse que nossa expedição ao porão fosse algo desconcertante para mim, até mesmo inquietante, entre outras coisas, porque ela não anunciara o que pretendia me mostrar.

Ela se aproximou do painel de ebonite e pressionou um grande botão vermelho, depois abaixou uma primeira alavanca e, em seguida, uma segunda. As operações eram ruidosas. Era evidente que desencadeavam algo, fechaduras de ferro, trancas, correntes elétricas estrondosas. Havia disjuntores de vários tamanhos, acoplados a comandos cuja razão de ser eu não imaginava.

Então ela voltou até onde eu estava e abriu a parte inferior do armário, uma porta que não era envidraçada e da qual imediatamente escapou um cheiro fresco, de umidade e salitre.

— Abaixe-se — ela ordenou. — É por aqui.

Obedeci. Fiquei de quatro. Era preciso passar por um alçapão. Não sei por quê, embora estivesse na realidade e muito longe da literatura, me lembrei das tolices pós-exóticas em que personagens transitam de um mundo para outro, da vida para a morte ou pior ainda, rastejam por baixo de pias ou no fundo de armários obscuros. Mas não era uma prova penosa. Menos de meio metro, e já me encontrava do outro lado. Eu ouvia tia Yoanna avançando atrás de mim. Nos levantamos quase ao mesmo tempo. Estávamos agora na entrada de um túnel estreito, que descia a seguir em um íngreme declive. Um cheiro sinistro nos envolvia, de água estagnada, musgos escuros, baratas pretas.

— Vamos passar por baixo do Kanal — anunciou tia Yoanna. — Você se incomoda?

— Não — eu disse. — Mas não posso dizer que gosto muito da ideia.

— Está com medo?

— Não — respondi, sem muita certeza.

Tia Yoanna me deu um tapinha nas costas para me encorajar. Um gesto de camaradagem. Eu estava na frente, me virei para ela sorrindo. Em cerca de dez metros, estalactites começaram a aparecer no teto. Elas estavam em plena formação, de vez em quando eu sentia uma gota fria na cabeça ou nos ombros, no pescoço. A cada cinco metros, as paredes eram reforçadas por um revestimento de aço pintado em verde militar. A galeria era iluminada por lâmpadas gradeadas.

— Minha coleção está armazenada embaixo do Kanal — explicou tia Yoanna. — Se houvesse o menor problema, por exemplo se a guarda nacional se aventurasse até aqui, eu só precisaria de um gesto para que tudo fosse inundado instantaneamente.

— Não faça isso hoje — pedi.

Tia Yoanna riu. Eu me sentia tenso. Sabia muito pouco sobre a surpresa que me aguardava. Lamentei não ter levado uma maçã comigo. Mordê-la teria me conferido certa compostura.

Então paramos de descer e chegamos a uma sala abobadada. Aquele beco sem saída era o objetivo de nosso passeio. Chão cimentado, paredes feitas de grandes pedras lisas, unidas com argamassa branca. Iluminação intensa. Não era exatamente sem saída, na verdade, pois uma porta de ferro muito sólida sugeria que poderíamos continuar, talvez por um novo túnel que subisse em direção à outra margem do Kanal, ou para uma câmara secreta, ainda mais secreta. A menos que fosse uma abertura levando a um dispositivo de submersão instantânea que tia Yoanna pudesse acionar a qualquer momento.

Mas o que mais importava naquela sala não era a porta misteriosa, atrás da qual havia a ameaça de inundação e morte em terríveis redemoinhos. O que importava era a coleção de homúnculos de tia Yoanna.

Sobre mesas estreitas encostadas na pedra das paredes, tia Yoanna havia disposto recipientes retangulares, do tamanho de aquários, mas mais altos e sem qualquer líquido. Creio que deveríamos falar de terrários. Eles eram cobertos por uma grade destinada a impedir a fuga das criaturas que lá estavam aprisionadas.

Havia doze delas.

Doze terrários, portanto. Cada uma dessas caixas transparentes possuía um mobiliário em miniatura. Mas não com a elegância dos minúsculos artefatos das casas de bonecas, às vezes coloridos e fiéis a originais que evocam bem-estar ou mesmo riqueza. Tinha-se ali um mobiliário muito mais limitado e carcerário. Um modesto colchão de lona listrada, uma mesa baixa com os pés colados ao chão, um balde e, para se sentar, uma espécie de pufe, um assento intermediário entre uma poltrona e uma almofada, mais confortável que uma cadeira, mas não necessariamente muito adequado a longas sessões de imobilidade. Cada recipiente abrigava um prisioneiro.

Um homúnculo.

Cada um estava isolado dos outros por um painel opaco, de modo que eles não viam uns aos outros e, provavelmente, não tinham ideia de serem muitos naquela sala que devia lhes parecer imensa. Sob a luz constante que vinha do teto, alguns caminhavam de um lado para outro, outros estavam deitados ou sentados. Nada a ver com fetos mortos mergulhados em formol. Nada a ver com os horríveis alienígenas borrachudos de cabeças desproporcionais que decoravam a sala da casa que tínhamos deixado pelo subsolo. Não, estávamos diante de miniaturas de homens, com cerca de dez centímetros de altura, não mais que isso. Um estava vestido com um traje de funcionário de escritório, outro usava um casaco de inverno, o seguinte parecia fantasiado em trajes carnavalescos feitos de um emaranhado de trapos multicoloridos, outro estava sem camisa, de cueca, exibindo um corpo peludo de Hércules microscópico.

Os homúnculos tinham notado nossa presença e alguns se aproximaram de uma das paredes de sua prisão para nos examinar. Eles pressionavam as mãos contra o vidro espesso, com os dedos afastados, extremidades que, do ponto de vista deles, deviam parecer poderosas, mas que do nosso tinham a frágil aparência de patas de rato-do-campo ou de rã-verde. Alguns tamborilavam os dedos na parede transparente para chamar nossa atenção. Por uma razão que só consigo atribuir a alguma bruxaria, eles não produziam nenhum som.

— Não se ouve nada — observei.

— Cortei o som deles — tia Yoanna se limitou a dizer, sem se aprofundar em explicações.

Inclinados sobre essas criaturas liliputianas, devíamos ser gigantes. Carcereiros gigantes.

— Olhe bem — me incentivou tia Yoanna. — Você vai reconhecer dois ou três.

Uma vez dominada a repulsa que eu sentia diante daquelas réplicas monstruosas de pessoas que devia reconhecer, coloquei um nome em algumas delas.

— Tio Kroov — murmurei. — Tio Schlogott.

Eu não havia conhecido nenhum dos dois pessoalmente, mas eles me lembravam fotografias que me haviam sido mostradas. Tio Kroov trabalhava na capital, em um escritório que gerenciava uma reindustrialização que nunca ocorrera, e vovó Rebecca dizia que ele havia desviado somas fabulosas antes de desaparecer ninguém sabe onde. Ele vestia um terno de burocrata em seu terrário. Tio Schlogott se alistara nas forças especiais da guarda nacional e, há vinte ou trinta anos, ninguém na família tinha notícias dele. Era facilmente identificável, o único homem da família que era comparado a um gorila. E ali estava ele, em uma caixa, diante dos meus olhos, de cueca, estirado em um pufe e indiferente ao que acontecia ao seu redor, como que definitivamente embotado pela adversidade.

— E...? — me atazanava tia Yoanna, me empurrando na direção de outra jaula transparente.

Eu não tinha certeza. Era difícil de admitir.

— Vovô Bödgröm — acabei dizendo.

— Pois é, vovô Bödgröm — ela confirmou.

Tudo nele estava vertiginosamente reduzido, mas era possível descrevê-lo como se ainda tivesse um tamanho normal: alto, robusto como um ferreiro, cabelo grisalho e barba desgrenhada, olhar maldoso, vestido com um casaco de caça com forro de ovelha, calçado com pesadas botas pretas. Seu casaco tinha mangas, mas ele havia descoberto o braço direito e o agitava, musculoso e brilhando de suor.

— É estranho vê-lo tão pequeno — comentei.

Vovô Bödgröm estava colado ao vidro e brandia o punho como eu já o vira fazer quando no auge da raiva mais furiosa.

Me inclinei para observá-lo melhor, depois dei um passo para trás. Eu não queria ficar perto demais. A gesticulação de vovô Bödgröm era hostil, e essa hostilidade era dirigida contra tia Yoanna, mas, ao mesmo tempo, ele olhava para mim. Eu não ouvia o que ele gritava, pois tia Yoanna havia cortado o som, mas tinha a nítida impressão de que, se estivesse proferindo maldições, eu também era o destinatário. Eu tinha a impressão de estar ao seu alcance, ainda que ele não tivesse um machado e houvesse uma parede sólida entre nós. De uma maneira ou de outra, ele tentava nos atingir, tia Yoanna e a mim. Eu havia recuado rapidamente, imagino que a reação seja a mesma de quem de repente se vê cara a cara, dentro de um viveiro, com uma aranha assustadora ou um escorpião. O vidro não é exatamente suficiente para escapar da ameaça. Melhor manter uma certa distância.

Tia Yoanna estava logo atrás de mim, eu é que estava de frente para vovô Bödgröm. Fui claramente tomado como alvo. Ele se dirigia a mim de maneira exaltada, provavelmente ofensiva, eu adivinhava isso por seu rosto furibundo. Ele agora brandia os dois punhos, batia os pés pesadamente e despejava em minha direção um discurso que devia ser terrível, e, mesmo que nenhum som passasse pela parede transparente nem pela grade muito acima de sua cabeça, eu não tinha dificuldade em imaginar o tipo de sofrimentos que ele me prometia caso eu cruzasse seu caminho do lado de fora ou quando ele me encontrasse no além.

Eu sempre havia detestado vovô Bödgröm, instintivamente, e toda vez que o encontrava nas reuniões de família tinha a impressão de que ele me considerava uma coisa insignificante, não merecedora de interesse ou afeto. Acho que ele me via como um pirralho de merda, sempre grudado às saias das mulheres.

— Ele está com raiva — comentei.

Tia Yoanna deixou escapar atrás de mim um suspiro que poderia ser interpretado como uma expressão de zombaria. Ou uma expressão de bem-estar. Ou talvez fosse um sibilo abafado de bruxa, uma fórmula silenciosa destinada a acalmar a inútil excitação de vovô Bödgröm.

Outros homúnculos se agitavam e falavam ou vociferavam, da mesma forma, em suas celas abertas a todos os olhares. Seus gritos não chegavam até nós. O porão de pedra permanecia silencioso. Os únicos sons vinham de nós, o atrito de nossos sapatos no cimento, nossas respirações, algumas palavras trocadas. Tia Yoanna tentou me explicar o fenômeno acústico que impedia os homúnculos de serem ouvidos, fosse por meio de vozes ou de batidas contra as paredes. Mas ela parou no meio da frase. Ela fez um gesto fatalista, como se dissesse: "Certo, vou me calar, não importa". A explicação era confusa, pois tia Yoanna relutava em abordar a dimensão mágica que ali desempenhava um papel central.

— Enfim… é isso — ela concluiu. — Não precisamos suportar essa choradeira toda.

Balancei a cabeça para sinalizar que estava satisfeito com sua tentativa de explicação técnica. Eu não precisava de mais detalhes sobre o isolamento acústico dos viveiros. Já tinha entendido que ela não queria insistir em sua qualidade de bruxa e nas técnicas que empregava para manter em cativeiro, embaixo da terra, homúnculos cujos duplos continuavam a viver na superfície, sob uma aparência de adultos normais.

— A interrupção do som funciona nos dois sentidos? — perguntei.

— Não — ela respondeu. — Há um filtro. Eles só ouvem o que os deixa com medo.

Todos os homúnculos gesticulavam. Havia uma dúzia deles, onze para ser exato. O conjunto prisional compreendia doze recipientes, e onze estavam ocupados. Todos continham o mesmo mobiliário minimalista e cruel. Mesmo tio Schlogott, o gorila pigmeu, havia abandonado o pufe onde se estirava de forma neurastênica até então e, de maneira passiva, deprimida, pressionava o corpo contra o vidro e nos encarava com desânimo.

Eu tinha dado uma rápida volta no recinto. Mas tia Yoanna não queria que eu parasse por aí e me incentivou a continuar a visita. Então repeti meu exame do local, dessa vez tomando meu tempo. Eu estava fascinado. Não escondo que, ao mesmo tempo, sentia certo desconforto. Eu me inclinava sobre aqueles homens nanificados que lançavam em minha direção súplicas ou insultos que eu não conseguia decifrar, e minha inquietação não parava de crescer. Eu não conseguia lançar para eles um olhar calmo, objetivo, ora os via como mini-humanos infelizes, transformados em joguetes pela violência da magia negra, ora como monstruosos insetos de circo, vivos e conscientes, interpretando seu papel com brilhantismo, mas não pertencentes à espécie cujas aparências e comportamentos imitavam.

Terminei minha segunda volta de observação e retornei ao viveiro de vovô Bödgröm, ao lado de tia Yoanna, que não se movera enquanto eu inspecionava sua coleção. Voltei a fixar o olhar em vovô Bödgröm. Agora esperava que tia Yoanna me dissesse mais.

Ela escolheu falar de vovô Bödgröm. Não lhe poupava críticas. Era estranho, porque ela falava sem constrangimento, e ele estava bem na nossa frente, sem poder contestar o que quer que fosse. Dois colossos o julgavam com uma voz que, em seu terrário, devia soar imperial e retumbante. E ele, em sua prisão de vidro, não tinha qualquer direito à palavra, à oração ou ao protesto.

— Ele nos ouve? — perguntei, desnecessariamente, para verificar.

— Claro que ele nos ouve — ela respondeu.

E ela logo retomou seu discurso acusador, enumerando as ignomínias das quais vovô Bödgröm era culpado.

Tia Yoanna não era realmente filha de vovô Bödgröm. Ela havia sido adotada. Ela o odiava desde o dia em que vovó Abazan e ele a haviam recebido, quando ainda era bem pequena, não tinha nem quatro anos. Ela se opusera a ele de todas as maneiras possíveis, e os conflitos entre eles não haviam parado de crescer, apesar de, digamos, fases de baixa intensidade, na medida em que viviam sob o mesmo teto, mas também com momentos de conflitos abertos e violentos. Como quase sempre acontece nesse tipo de situação, pensava-se que o ódio da filha contra o pai havia sido provocado por abusos sexuais incestuosos, mas tia Yoanna não os mencionava, ainda que, ao vê-la se descontrolar daquele jeito contra aquele homem, eu suspeitasse que ela tivesse sido vítima de abuso, não assim que entrou na casa dele, mas talvez mais tarde. Ela acusava vovô Bödgröm de ter estuprado sua irmã, tia Margar, mas não a ela mesma.

A um passo de nós, vovô Bödgröm havia cessado suas imprecações. Ele não bufava mais, não agitava mais os punhos em nossa direção, tinha ido se sentar no pufe e acariciava a barba falando sozinho, como se estivesse possuído ou bêbado.

Depois que terminou seu terrível discurso acusatório, tia Yoanna se afastou um pouco do viveiro e se calou. Deixei se passarem vários segundos de silêncio.

— Como eles vivem? — perguntei.

— Eles vivem tanto aqui quanto fora daqui — ela explicou. — Eles comem fora daqui, cagam fora daqui, se lavam fora daqui. Mas vivem aqui, e aqui estão sob meu poder. O certo é que, aqui, eles não dormem. A luz os impede. Quando eles querem algo que se pareça com sono, colocam o balde sobre a cabeça. Eles colocam a cabeça dentro do balde. É a única maneira de conseguir um pouco de escuridão. Mas não é suficiente para adormecer. Eles podem cochilar um pouco, se tanto, mas só para mergulhar em imagens pesadelares. Depois de cinco minutos, eles colocam o balde de volta no chão.

— Deve ser difícil para eles — eu disse.

Eu não sentia nenhuma compaixão. Pelo contrário. Saber que eles viviam uma insônia permanente e sem descanso me enchia de um vil prazer.

Tia Yoanna balançou a cabeça.

— Ah, eles não merecem pena — ela afirmou. — São todos uns canalhas. Não há um que se salve.

Voltei a me interessar por vovô Bödgröm. Ele agora estava afundado em seu pufe, numa atitude de desânimo, e praguejava consigo mesmo. Ele não levantava mais os olhos para seus carcereiros, para as criaturas titânicas que se curvavam sobre ele, para meu rosto que talvez ele não reconhecesse naquelas dimensões.

— Quer saber, Sam — disse tia Yoanna. — Eles estão sob meu poder. Eu os tranquei aqui dentro e talvez eles fiquem presos indefinidamente. Mas no dia que eu decidir, um grande infortúnio os atingirá.

Arregalei os olhos. Fiquei esperando a continuação.

— Entende o que quero dizer? — ela continuou.

— Um grande infortúnio... — eu repeti. — Entendo, sim — titubeei.

Um breve silêncio se fez entre nós.

— Mas você também pode — ela disse abruptamente, ao fim desse silêncio.

— Eu posso o quê?

Ela não respondeu diretamente e, sem transição, voltou ao assunto vovô Bödgröm. Ela mais uma vez o acusava de coisas revoltantes, completando o quadro de seus delitos e crimes. Depois, comparou-o aos outros homúnculos de sua coleção, que não valiam muito mais. Todos os habitantes das caixas-prisão reunidos naquela sala eram personagens que mereciam mil mortes. Ela levara anos para encarcerar alguns magicamente ali, pois, explicava, era um processo longo e complicado, que exigia paciência e nervos sólidos. Era necessário atravessar o espaço escuro e caminhar dentro do fogo sem que ninguém suspeitasse de sua presença, nem a caça, dizia ela, nem outros bruxos e bruxas do fogo que poderiam intervir e pôr tudo a perder. Era como uma caçada a um animal que nunca se mostrava, explicava ela. Um animal temível que está sempre em guarda e tem poderosos aliados. Às vezes, ela dizia, a janela para a captura era de apenas alguns minutos. Era preciso agir no momento certo. Não se devia deixar passar a oportunidade. Caso contrário, tudo teria que ser recomeçado.

— Se quiser, posso te ensinar, Sam — ela prometia.

Cada homúnculo era uma pequena criatura concreta, viva, aparentemente autônoma, mas a autonomia era limitada, me explicava tia Yoanna. A criatura era uma réplica que, dentro de seu recipiente, podia ir e vir à vontade, mas que não desfrutava de um destino independente. O vínculo entre ela e seu modelo não podia ser rompido. O original existia acima, na superfície, na família, em cidades ou estepes, e ignorava o que acontecia sob o Kanal. Mesmo em seus piores sonhos, seus sonhos mais inquietantes, ele não podia imaginar que seu duplo vegetava em uma câmara secreta, padecia terrivelmente sob as lâmpadas acesas dia e noite, sob a vigilância cruel de tia Yoanna. Os homúnculos, em contrapartida, tinham plena consciência de sua condição. Eles sabiam o que estava acontecendo, o que significava seu encarceramento mágico. Sentiam a cada instante vibrar o fio invisível que os ligava a seu modelo. Os dois destinos estavam intimamente ligados e, embora lá em cima os personagens às vezes fossem tocados por uma leve angústia, eles não podiam identificar sua fonte, ao passo que seus sósias em miniatura estavam constantemente angustiados, alertas à ideia de que seu destino estava nas mãos de tia Yoanna. Bastava maltratar uma réplica para que o modelo sofresse as consequências.

— Está vendo essa agulha? — apontou tia Yoanna.

Segui a direção de seu dedo. No décimo segundo recipiente, que estava desocupado e não tinha grade no topo, ela havia guardado algumas miniaturas de móveis e algumas ferramentas de bricolagem. Caminhei até lá, peguei uma longa agulha que estava ao lado de uma pequena espátula e de um grampo de marcenaria. A agulha logo me pareceu muito bonita, preciosa e provavelmente mágica. Não parecia uma ferramenta comum, era feita de um material mineral, azulado, talvez uma mistura de lápis-lazúli e turquesa. Peguei-a e testei-a. Era muito fina e, ao mesmo tempo, tão rígida quanto uma adaga.

— Você pode me vingar de toda essa putaria — disse tia Yoanna.

Voltei para perto da jaula onde vovô Bödgröm estava. Tudo o que tinha acabado de ouvir sobre ele me deixara furioso.

Não era possível mover a grade que, no universo prisional dos homúnculos, servia de abóbada celestial. Vovô Bödgröm tinha visto a agulha e assistia com horror a meus esforços para introduzi-la em seu espaço. Ele não tinha ilusões sobre o que eu pretendia fazer. Estava em pânico. Corria de um lado para outro procurando um esconderijo no espaço vazio, o que não fazia sentido. Onde quer que ficasse, estava exposto. Introduzi a agulha através da malha metálica e a manipulei um tanto sem jeito, para começar. Tinha dúvidas sobre o que pretendia fazer. Ainda não sabia se meu objetivo era feri-lo ou simplesmente aterrorizá-lo, brincando com ele como um gato que se diverte com um lagarto ou um rato-do-campo. Então tomei uma decisão. Ganhei confiança e, depois de uma perseguição frenética, prendi vovô Bödgröm no pufe. Bem na hora em que ele passava correndo na frente do pufe, eu o empurrei com a ponta da agulha, ele caiu e eu o transpassei com força. Ele ficou imóvel, de braços caídos, com uma longa agulha azul cravada no meio do abdômen, entre o umbigo e o coração.

Tia Yoanna se inclinou para ver o que havia acontecido. Ela assistira à caçada sem abrir a boca e, para não me atrapalhar, se afastara um bom metro. Agora, se aproximava e examinava o recipiente e seu conteúdo.

— Nossa, Sam, você foi com tudo — ela comentou.

TIA MAIA

NAS EXÉQUIAS DE VOVÔ BÖDGRÖM, VOVÓ ABAZAN TOMOU AS RÉDEAS DA SITUAÇÃO E OFICIOU COMO SE NÃO TIVESSE FICADO SEPARADA DO MARIDO DURANTE OS ÚLTIMOS VINTE ANOS, E COMO SE ELE AINDA OCUPASSE UM lugar essencial em seus sentimentos. Ninguém contestou seu direito de desempenhar esse papel, ninguém questionou sua autoridade sobre o desenrolar do funeral. A última amante conhecida de vovô Bödgröm, uma mulher da floresta, estava inacessível. As outras estavam mortas, ou indiferentes ao que acontecera com o amante. De qualquer forma, nenhuma delas teria sido capaz de organizar a cerimônia. Sem a intervenção da viúva oficial, vovô Bödgröm teria sido declarado sem família e jogado numa vala comum por funcionários municipais. Nem uma voz sequer teria se levantado para reivindicar o corpo do falecido e exigir um tratamento mais digno do que o que se reserva aos anônimos recolhidos em terrenos baldios. Mas vovó Abazan, avisada não se sabe como nem por quem da morte do ex-marido, não perdeu tempo e tomou para si as roupas e, acima de tudo, as responsabilidades que, entre nós, cabem à esposa deixada pelo morto. Ela descascou o abacaxi, e foi por isso que, em vez de deslizar até o fundo repugnante de uma cova coletiva, ele teve direito à presença de parte do clã e a todos os rituais que acompanham, para as pessoas respeitáveis, a passagem para o nada.

Não sei por quê, vovó Abazan insistiu para que eu ficasse ao lado de tia Maia no cortejo, e para que eu lhe desse a mão sem fazer drama.

Tia Maia era um pássaro. Exalava um levíssimo, mas permanente ranço de penas e guano, um odor de falcão ou gaivota em cativeiro. Sou sensível a cheiros, mas posso atestar que logo nos acostumávamos ao dela, após um ou dois segundos de desconforto.

Fui até tia Maia e peguei sua mão. Ela apertou meus dedos e virou seu rosto de feiticeira para mim. Eu estava muito orgulhoso de ter que caminhar ao lado dela e lhe oferecer meu braço, e, ainda que ao primeiro contato eu tenha me sentido incomodado com o que chegava às minhas narinas, evitei demonstrá-lo. Passei os olhos pela fantástica beleza de seus traços e não os desviei quando cruzaram os seus. Na época, eu tinha um ar apalermado que me permitia encarar os outros sem que isso fosse visto como impertinência. Tia Maia devolveu meu olhar. Suas pupilas pareciam mergulhadas em uma mistura de ouro líquido, mel de pinheiro e cobre amarronzado. A lenda dizia que com um único olhar, num piscar de olhos, ela podia deixar um homem perdidamente apaixonado, e que, mais tarde, se assim desejasse, se seu pretendente se tornasse inconveniente, bastava-lhe lançar outro olhar para extinguir nele qualquer veleidade amorosa.

— Acho que vovó Abazan quer nos casar — brinquei.

— Que velha danada! —exclamou tia Maia.

Entramos no cortejo. Depois de passar pela última fileira de casas, seguimos para o oeste, em direção às montanhas conhecidas como Quinze Gêmeas Negras. Não iríamos tão longe, obviamente. Nosso destino era uma crista rochosa onde o último momento da existência de vovô Bödgröm se desenrolaria. Ao nosso redor, à nossa frente, a família caminhava tranquilamente. Ninguém se lamentava ou chorava.

— Que idade você tem agora, Sam? — perguntou tia Maia.

— Vinte e nove, quase trinta — menti.

— Como eu — disse tia Maia.

Ela também mentia. Em nossa família, tanto para minhas avós como para minhas tias ou meus tios, a idade sempre foi um valor flutuante, sem relevância. Uma espécie de farsa da qual se podia zombar. Como se vivêssemos em um mundo marcado pela eternidade ou por uma elasticidade variável da duração, como se tivéssemos estranhamente perdido as referências do nascimento e das gerações. Se vovô Bödgröm tivesse sido interrogado sobre sua idade logo antes de morrer, por exemplo, ele teria jurado estar com quarenta anos, ou cento e treze, ou qualquer outro número. Números idiotas, que não correspondiam a nada verossímil.

Seguimos uma trilha que levava ao terreno onde vovô Bödgröm seria esquartejado e oferecido como alimento aos abutres, segundo o ritual dos funerais celestiais. A encosta não era muito acentuada, mas em alguns trechos se tornava íngreme, e havia alguns degraus que facilitavam a subida. O lugar para onde nos dirigíamos, a plataforma funerária, não ficava no topo e não se destacava do resto rochoso da paisagem. As rochas, algumas bem lisas, afloravam da terra miseravelmente coberta de vegetação. Outras tinham dimensões impressionantes e, granulosas, manchadas de preto, estavam cravadas na terra como uma sucessão de portas a serem atravessadas.

Quanto mais avançávamos, mais a presença dos pássaros indicava estarmos no caminho certo. Eu já estava completamente acostumado ao perfume particular do corpo de tia Maia e, de fato, não o notava mais, porém os cheiros exalados por aquelas aves me faziam torcer o nariz. Eu não conseguia deixar de fazer uma careta quando elas saltitavam ou agitavam as asas por perto. Traseiros azedos, cabeças calvas e suadas, penas imundas, bafos necrofágicos. Abutres, é claro. Tornavam-se cada vez mais numerosos. Não se afastavam quando o cortejo chegava até eles. Vovó Abazan, que liderava a marcha, gostaria de agir como se simplesmente não acreditasse na existência deles. Mas se via cada vez mais obrigada a varrer o espaço à frente com a bengala e assobiar com uma violência furiosa para afastar o incômodo que barrava a passagem.

Até que o cortejo parou. Havíamos chegado ao local sagrado do desmembramento. Um aterro bastante amplo, esmagado entre o céu e as pedras, com fronteiras não claramente delimitadas, dominado quinhentos metros adiante por um caos rochoso que formava a base da montanha propriamente dita. A vegetação se resumia a raros tufos e manchas amareladas. O local podia ser reconhecido por vários detalhes que serviam de indicadores.

Uma caixa baixa de madeira, trancada com um cadeado, onde os oficiantes guardavam suas ferramentas e seus trapos.

Forte ranço de carne podre.

Uma atmosfera subitamente sinistra.

E restos não identificados, espalhados, alguns ossos cinzentos que ainda não tinham sido reduzidos a pó pelos dois homens que estavam lá, que se levantaram quando nos aproximamos, os braços pendendo ao longo de roupas de andarilho, parecendo camponeses sombrios e desgraciosos, claramente assustados com a chegada de uma pequena multidão em seus domínios de morte.

Talvez porque seguissem regras próprias de sua espécie, das quais ignoramos tudo, os pássaros agora se mantinham à distância. A maioria havia voado para o alto da encosta, revelando uma sórdida ausência de impaciência. A comida seria entregue, o tempo estava a seu favor.

Normalmente, os funerais celestes são seguidos de uma cerimônia de despedida na cidade, depois da qual o corpo é entregue aos açougueiros da morte, que o levam para as montanhas, o desmembram, desossam e oferecem aos pássaros mortuários, que terminam o trabalho. A família não assiste a essa interminável sessão fúnebre, que pode durar vários dias até ser realmente concluída. Nenhum sacerdote está presente para garantir ao cadáver um mínimo de dignidade religiosa. Os parentes do falecido pagam os coveiros, mas os desprezam e temem, e por nada no mundo se atreveriam a trocar com eles um aperto de mão.

Normalmente. Mas vovó Abazan não pensava assim. Ela havia sido criada por pessoas de casta muito baixa e não sentia nenhum nojo em relação aos miseráveis da mais baixa escala, os trabalhadores encarregados de entregar o falecido aos enviados do céu. Talvez também quisesse ver com os próprios olhos se vovô Bödgröm de fato seria esquartejado, fatiado e amassado em bolinhas lançadas aos pássaros, segundo o ritual estabelecido há séculos. As bolinhas seriam engolidas pelos pássaros, fariam uma brevíssima viagem a baixa altitude e, querendo ou não, acabariam como titicas malcheirosas. Vovó Abazan queria garantir que seu esposo seria excluído para sempre do grupo dos predadores. E ela havia feito de modo que todos os membros do clã disponíveis, ou seja, os que não estavam presos ou viajando, acompanhassem o falecido até o local onde seria entregue aos limpadores sagrados, homens e abutres. O cortejo contava com mais de sessenta pessoas. Eu tinha ouvido falar que essas sessenta pessoas, embora convidadas a seguir o corpo até a esplanada onde seria depositado, não assistiriam à preparação ritual e se dispersariam antes da primeira facada. Somente vovó Abazan e as filhas conhecidas de vovô Bödgröm, tia Margar e tia Yoanna, iriam mais longe em seu papel de espectadoras. Pessoalmente, embora curioso e nunca tendo assistido a esse tipo de cerimônia, eu não estava lá muito inclinado a lhes fazer companhia. Tudo o que estava prestes a acontecer me repugnava. A manipulação lúgubre de carnes mortas, a raspagem dos ossos, o corte meticuloso das vísceras, o esmagamento dos ossos, a confecção de um guisado para aves, a moldagem final. Eu não tinha a menor vontade de ficar. Parecia-me que as instruções dadas por vovó Abazan me diziam respeito e que só me restava ir embora. Ainda mais porque, sendo amigo do filho de um dos sacrificadores, eu sabia que eles executavam sua tarefa a contragosto quando tinham de cumpri-la diante de testemunhas. Por consideração a esse homem, achei melhor descer a montanha o mais cedo possível.

Sem esperar o início do desmembramento, parte do cortejo já estava no caminho de volta.

— Venha, vamos voltar — propus, puxando tia Maia pela mão.

Tia Maia me puxou na direção oposta. Ela me sinalizava que não, não iríamos embora, pelo menos não imediatamente.

— Quero olhar nos olhos de Bödgröm uma última vez — ela murmurou como explicação.

Os sacrificadores haviam estendido vovô Bödgröm sobre o cascalho e estavam acabando de despi-lo. As roupas seriam revendidas mais tarde em um brechó, para o benefício deles mesmos, e, por enquanto, eram deixadas perto da caixa, grosseiramente dobradas. Era esse tipo de operação indispensável que os sacrificadores odiavam realizar em público, talvez mais ainda do que procurar com a faca as articulações do cadáver.

A nossos pés, vovô Bödgröm estava nu. Sua aura de brutalidade demoníaca se dissipara e, agora, estávamos ao lado do cadáver de um velho de pelos grisalhos, com muitas cicatrizes e a boca retorcida pelo AVC que o fulminara. Ele não inspirava medo, apenas um sentimento de repugnância compartilhado por todos, reunidos ao redor dele, acima dele, como se quiséssemos examiná-lo uma última vez antes de indicar a um dos sacrificadores onde cravar a lâmina, para começar. Éramos cinco: sua viúva, suas filhas, tia Maia e eu. Eu estava diante de suas pernas e via muito bem seu pênis, que lembrava um gastrópode ferido, extraído de sua concha de forma violenta, e seus testículos peludos, todo aquele aparato sexual que havia definido a organização de sua existência e causado a infelicidade de tantas mulheres.

Tentei trocar um olhar com tia Yoanna. Ela não procurava o meu e fazia questão de não olhar para mim. Seu rosto parecia de mármore. Mesmo assim, eu adivinhava que alguma coisa, no fundo de suas pupilas, cintilava. Eu gostaria de ter verificado, para ter certeza, pois talvez a mesma coisa brilhasse no fundo dos meus. Eu tinha a impressão de que poderíamos, por um segundo ou uma fração de segundo, nos encontrar em um lampejo de cumplicidade intensa. Enviei-lhe uma mensagem mental, em todo caso, mas ela não reagiu. Não queria estabelecer o menor contato comigo.

Virei a cabeça. Retomei minha observação do cadáver estendido a meus pés.

Os orifícios de vovô Bödgröm estavam cobertos por uma espécie de resina. Tinham sido selados por monges durante a primeira fase do ritual de despedida, que ocorrera privadamente, na casa de vovó Abazan.

Tia Maia se dirigiu a um dos homens que aguardavam ali perto sem saber o que a família pretendia fazer antes que eles começassem o trabalho.

— Abra os olhos dele — ela pediu. — Levante as pálpebras.

O homem questionou em silêncio vovó Abazan, a quem ele atribuía autoridade sobre o assunto, já que ela é que havia arcado com as despesas do funeral. Vovó Abazan fez uma careta. Não se opunha àquele capricho de tia Maia.

O homem se aproximou do cadáver e se agachou perto da cabeça. Pressionou as órbitas de vovô Bödgröm. A massa ressecada que as grudava se desfez, se esfarelou, esmigalhou, e, com esforço, o cadáver abriu os olhos. Dois globos já murchos, privados de toda substância vital, que não refletiam nem mesmo o céu azul, o vasto céu acima deles, ofuscante e implacável.

Tia Maia mergulhou brevemente seu olhar dentro deles, em seguida o retirou.

Ignoro se, por meio de um olhar terrível, ela fazia uma amarração amorosa no cadáver, se o enfeitiçava para que ele definhasse para sempre no inferno das agonias da paixão, ou se, ao contrário, finalmente o libertava de todo amor.

Eu gostaria muito de saber, e assim saber um pouco mais sobre a relação que tia Maia e vovô Bödgröm talvez tivessem mantido. Mas tia Maia decidiu assistir a todo o desmembramento e, como eu vacilava depois da primeira facada, ela me aconselhou firmemente a ir embora. Voltei sozinho e, depois disso, vi tia Maia muito pouco e nunca tive a oportunidade de retomar o que havia acontecido com vovô Bödgröm antes do funeral e ao pé das Quinze Gêmeas Negras. Por algum tempo, achei isso uma pena. Por algum tempo, até cheguei a sonhar que ela me confidenciava seus segredos na intimidade, fantasiando que a intenção de vovó Abazan se concretizara e que nós nos casáramos, ou, ao menos, que formávamos um casal. Então um longo ano se passou, e tia Maia saiu totalmente de minha vida.

TIO SLUTOV

56

MINHAS PRIMEIRAS LIÇÕES DE FOGO NÃO FORAM CONCLUSIVAS PARA MIM E, PARA MINHAS INSTRUTORAS, FORAM DESASTROSAS. DIGO MINHAS INSTRUTORAS, MAS TAMBÉM ME BENEFICIEI DOS ENSINAMENTOS DE UM HOMEM, tio Slutov, que não esqueço, descanse em paz. Foi inclusive com ele que tive minha primeira sessão prática.

Tio Slutov me ensinava a ficar sentado dentro do fogo. É a parte mais fácil. Não é preciso fazer nada de especial, tudo acontece na cabeça. A posição sentada é mais administrável do que a posição deitada, que favorece os maus pensamentos, que nos leva a imaginar que já estamos mortos ou que entramos em um sonho muito, muito ruim. Quando estamos deitados, cercados de chamas, só temos duas vontades: levantar de uma vez e gritar. E muito rapidamente uma terceira vontade se instala: qualquer que seja o risco de queimadura, dar no pé o mais rápido possível. É fatal. Por outro lado, em um assento, cadeira ou poltrona ignífuga, no centro do fogo, ficamos tranquilos, mesmo estando apenas na primeira experiência concreta do aprendizado. E até, dizia tio Slutov, quando o assento não é realmente incombustível e começa a fumegar e flambar.

No meu nível de prática, portanto, eu não tinha nada a fazer. Tio Slutov me acomodara, ordenando que eu não descesse, o que quer que acontecesse. Que eu ficasse comportado no meu lugar. Antes de se afastar, ele me acariciara o topo da cabeça e me obrigara a repetir as instruções que eu já havia recitado dezenas de vezes. Depois recuara, talvez vinte metros, e o espaço se inflamara.

A contagem dos segundos e dos minutos não se aplica quando se compara o tempo fora do fogo e dentro do fogo. Tio Slutov me alertara de que a duração de minha permanência na cadeira pareceria longa, cerca de um quarto de hora, enquanto no relógio do mundo real o ponteiro não se moveria. Uma única fração infinitesimal de microssegundo escoaria. Além disso, ele me garantia, eu não seria visitado pela ideia de perigo, pelo medo de me transformar em uma tocha e ser subitamente tomado por uma dor atroz. Se essas ideias e esses medos conseguissem penetrar em mim, eu deveria afastá-los com toda a violência mental que me haviam ensinado a desenvolver durante o curso preparatório. Era necessário que, do início ao fim da sessão, eu estivesse dominado, impregnado até a medula óssea pela certeza de sobreviver, com a recompensa profunda da grande alegria que a sobrevivência representa. O objetivo dessa primeira prova era este: não permitir mais nada dentro de mim além dessa certeza, dessa alegria. Se, uma vez de volta ao mundo do não fogo, eu me lembrasse desse sentimento, se eu conseguisse reavivá-lo sob demanda e independentemente das circunstâncias, eu teria cumprido à perfeição essa fase da iniciação.

Do outro lado de uma cortina amarela que não parava de se torcer e retorcer, quase indiscernível por trás da labareda retumbante, tio Slutov se mantinha de pé. Ele fixava sua atenção em mim, um pouco inclinado para a frente, com as mãos nos quadris, as pernas dobradas, na mesma atitude de um goleiro antes de um pênalti. Ele não perdia um instante, concentrado. Presumo que se certificava, à distância, de que tudo estava bem comigo, e que também media mentalmente a duração de minha exposição às chamas. O fogo me cercava sem me obstruir completamente a visão. As tochas que teciam a cortina amarela deixavam passar essa imagem do meu instrutor, que às vezes parecia dançar, embora estivesse imóvel. O restante do espaço era vazio e infinito, sem céu nem horizonte, ao menos se tentássemos imaginar algo além das manchas flamejantes, mutáveis, em lentas explosões de ouro e laranja. Não havia nenhum ponto de referência, exceto a silhueta de tio Slutov e a sensação de meu corpo colado a uma cadeira quente demais. Nada em lugar algum, exceto as chamas e o fogo do mundo do fogo.

Tudo corria bem. Eu não fazia nenhum esforço para me manter em um estado de grande calma, alimentado pela certeza de que o fogo era um meio natural no qual nada de ruim poderia me acontecer. Sem me deixar levar pelo entusiasmo, pois o entusiasmo sempre é perigoso, eu sentia a alegria de estar no meio do fogo e de nele me sentir à vontade. Eu murmurava as palavras mágicas que vovó Rebecca me ensinara, muito tempo antes, em preparação para aquele dia. Eu repassava sem dificuldade todos os conselhos que vovô Iakub havia ditado a ela do espaço incandescente, sussurrando, e que ela havia reunido em um livro. Era minha vez de murmurar esses conselhos, para mim mesmo, para meu conforto, para minha sobrevivência.

O tempo passava e, no fundo, a aventura era muito monótona, como pode ser, pensando bem, o lento ronronar das chamas de um fogão. Eu continuava murmurando, não sei se essa reza incessante contribuía para me acalmar, se ela me ajudava a aguentar firme ou se me levava a uma espécie de sonolência. De tempos em tempos, eu lançava um olhar na direção de tio Slutov. Ele não se mexia, assim como eu. Atrás da parede de chamas, atrás das colunas em movimento, ele parecia petrificado.

Foi então que surgiu um imprevisto.

Tio Slutov foi atacado e levado por um pássaro de fogo.

Os pássaros de fogo raramente se envolvem em nossos assuntos, eles vivem em regiões remotas e evitam todo contato com os humanos. Pode-se passar uma vida inteira, mesmo dentro do fogo, sem nunca encontrar um. Tanto que alguns os consideram simples criaturas lendárias.

Que falta de sorte de tio Slutov. Eu estava quase adormecendo quando uma gigantesca criatura alada desceu sobre ele, vinda de não sei onde, pois estávamos em um espaço sem céu. Vinda de um segundo espaço inflamado.

Tio Slutov começou a lutar, mas não estava à altura. O pássaro esticava ferozmente o pescoço e bicava suas mãos e seu rosto, e, sem parar, agitava as asas para que faíscas e brasas voassem em sua direção. Era uma técnica de combate contra a qual era impossível se defender. Tio

Slutov havia desembainhado a faca militar que sempre levava na cintura e a usava para se proteger das bicadas, defendeu-se com bravura nos primeiros ataques. O pássaro continuava a lançar jatos de brasas em sua direção. Tio Slutov acabou sendo cegado e em certo momento soltou a faca, que deslizou pelo chão, fora de alcance. Ele tentou recuar, mas com alguns saltos o pássaro o alcançou. Era muito maior e mais pesado que tio Slutov e se aproximava dele com uma violência inexorável. Avançava bicando ferozmente o corpo de tio Slutov, que se contorcia o melhor que podia para evitar ser despedaçado. O pássaro parecia hesitar em desferir um golpe mortal e retardava esse momento, talvez por sadismo, para prolongar o desespero e o medo de meu tio, ou talvez por estar incomodado com as maldições e os comandos mágicos que meu tio proferia.

Eu não sabia como reagir, como intervir. Tinha ouvido mil vezes que, o que quer que acontecesse, deveria permanecer em minha cadeira como se estivesse preso a ela. Em hipótese alguma eu deveria descer sem que tio Slutov viesse até mim para me liberar. Eu tinha sido alertado de que essa primeira exposição direta ao coração do fogo poderia perturbar meu juízo e minha consciência, e de que, às vezes, um conflito se criava entre a realidade vivida e a realidade sonhada. Não se devia, de jeito nenhum, tentar resolver esse conflito. Era preciso deixar visões e alucinações passarem, como se observássemos nuvens, tendo em mente que elas pertencem a um mundo efêmero que não tem nada de temível. Eu sabia que, se sentisse que algo assustador tentava se insinuar em mim, deveria buscar refúgio na ideia do fogo, não acreditar em nada, acreditar apenas no fogo.

Então fiquei em minha cadeira sem me contorcer nem fazer perguntas. Eu me refugiava no fogo.

Até que tio Slutov se virou para mim e gritou através da cortina de chamas:

— Cada um por si, Sam!

Um grito muito diferente dos poucos comandos indispensáveis que tínhamos revisado logo antes da sessão.

Senti uma pontada no coração.

— O que eu faço agora? — gritei.

— Dê um jeito — berrou tio Slutov. — Saia daí!

Nesse momento, o pássaro de fogo o derrubou e se empoleirou sobre seu peito. Ele o esmagava. Fechara suas garras poderosas sobre tio Slutov. Vi que quebrava sua cabeça a bicadas.

Me segurei para não berrar de novo. Não soltei nem um suspiro, fosse na direção de meu tio ou na direção de hipotéticas divindades salvadoras. Não era mais o momento, e pensei que seria melhor não atrair a atenção do pássaro de fogo.

Deslizei para fora da cadeira e caminhei tateando em direção ao que me parecia uma saída possível, embora nunca tivéssemos considerado a hipótese de que eu teria que abrir sozinho um caminho para fora do fogo.

Avancei sem me deixar dominar pelo terror.

Eu confiava no meu instinto.

Sabia que não devia nem pensar em correr, pois correr significava correr o risco de tropeçar e cair sobre as brasas.

Eu sabia que encontraria a saída e, por mais que sem tio Slutov fosse difícil ultrapassá-la, eu sabia que teria recursos suficientes dentro de mim e tranquilidade para deixar as chamas e sair são e salvo.

TIA MAHSHID

64

VI TIA MAHSHID PELA ÚLTIMA VEZ CERCA DE UM MÊS ANTES DE ELA SER PRESA, CONDENADA À MORTE E ENFORCADA. PRESA PORQUE ASSALTARA UM BANCO, CONDENADA À MORTE PORQUE DURANTE O TIROTEIO MATARA CINCO PESSOAS, entre as quais um jovem de dezessete anos que fazia parte de sua gangue, e enforcada porque a guarda nacional a deixara escolher entre o pelotão de fuzilamento e o cadafalso. Naquela época, de fato, se desfrutava desse tipo de consideração, um breve parêntese que a história registrará como o mais humanitário na repressão ao banditismo, ao menos entre nós. Mas enfim. Parece que ela disse, no gabinete dos oficiais que lhe pediam para expressar claramente sua preferência em vez de ofendê-los, que a corda lhe convinha, na medida em que decidira se desprender de uma vez por todas das coisas terrenas e "olhar para os fatos de uma perspectiva mais elevada". Reconheço nisso seu desprezo pelo drama e seu humor sombrio.

Tia Mahshid odiava choradeiras e exageros trágicos, mas tampouco tinha em alta conta as diversas tias e avós que me incentivavam a viver dentro do fogo. Para ela, essa história de existência infinita no meio das chamas não passava de um monte de baboseiras. É verdade que uma lenda mil vezes repetida afirmava que alguns membros de minha família haviam emigrado permanentemente para o fogo e, segundo fontes convergentes, bruxas como tia Sogon ou tia Coltrane podiam ir e vir à vontade no fogo. Mas, dizia tia Mahshid, mesmo que houvesse um pouco de verdade nisso, era fundamental que eu esquecesse, me afastasse e, acima de tudo, desconfiasse disso tudo como da peste. Ela me dissuadia de levar a sério o ensino especial que me era dado. Ela me encorajava a me interessar preferencialmente por coisas que pudessem me trazer felicidade e alegria. Por exemplo, o que ela chamava de "o amor sem ser capturado" ou "a caça aos dólares sem ser capturado".

Ela não fazia discursos teóricos. Era uma fantástica mulher de ação. Seu nome evoca a luz do luar em persa, mas ela era bastante solar, ou melhor, estava longe da languidez da noite e sempre em alerta. Sua energia era contagiante, ela sabia disso e de bom grado exercia sua influência sobre mim. E, por falar nisso, ela teria adorado que eu colaborasse com ela em um de seus projetos suntuosamente criminosos, bem elaborados, mas às vezes sangrentos, uma de suas "caças aos dólares sem ser capturada".

Durante vários meses, ela morou num esconderijo a apenas oito quilômetros da casa de vovó Rebecca, e eu ia a seu encontro sem pedir a permissão que Rebecca teria obviamente negado. Ninguém entre os meus familiares a apreciava, todos a consideravam um elemento perigoso, tóxico, capaz de me corromper e de incutir em mim ideias condenáveis, capaz de me arrastar para aventuras que destruiriam minha vida. Em resumo, fui proibido de vê-la, e minha relação com ela era clandestina. Empolgante, frutífera, mas clandestina.

Ela sempre conseguia escapar, tanto da guarda nacional quanto da polícia local. Em minhas últimas visitas, ela se escondia dentro de um desmanche de carros velhos e de antigos veículos civis e militares de todos os tipos. A circulação de automóveis levara décadas para se extinguir e, mais tarde, duas ou três gerações haviam sido necessárias para limpar as ruas da presença horrenda das carcaças inúteis. Cemitérios de destroços, do tamanho de cidades imperiais, se estendiam por vários pontos de armazenamento, em geral vales perdidos que eram preenchidos, em seguida abandonados e, com o tempo, esquecidos. Eles se tornavam lugares fora do mundo, impenetráveis, inóspitos a ponto de a maioria dos animais os evitar, com exceção dos pássaros que ali descansavam, mas, como não encontravam alimento, torciam o nariz à ideia de nidificar. Tia Mahshid, por sua vez, havia encontrado uma maneira de fazer seu próprio ninho, uma cabana bem equipada e confortável no coração do caos metálico.

Eu conhecia o caminho para chegar até lá, um caminho secreto que exigia grandes capacidades de memória, equilíbrio e paciência. Das bordas do cemitério de automóveis até seu lar indetectável, o trajeto levava duas longas horas. Tia Mahshid me acompanhara duas vezes no percurso, mas nas vezes seguintes deixara que eu me virasse sozinho. Era preciso estar com muita vontade de vê-la, pois as indicações deixadas no caminho eram raras, frágeis e pouco visíveis, a qualquer momento se corria o risco de tomar uma direção errada e se perder a um quilômetro do objetivo. Às vezes, para avançar, era necessário abrir portas e se esgueirar por cabines onde tudo era escuro e oleoso. Mais adiante, era preciso escalar a escada abandonada de um guindaste, depois descer uma colina de ruínas com arestas cortantes. No que se podia chamar de túneis, rentes ao chão, dava para sentir acima da cabeça a presença de centenas de toneladas instáveis. Eu encarava tudo como um jogo, um desafio. Por outro lado, tinha certeza de que, de seu inacessível esconderijo, tia Mahshid acompanhava meu progresso de perto e se, por descuido, eu entrasse em zonas sem saída, ela não me deixaria vagar durante dias e definhar cercado de ferrugem, motores devastados e restos de óleo diesel, à mercê de uma avalanche de caminhões, escavadeiras e velhos tanques de guerra. Mesmo assim, não me sentia orgulhoso quando tinha que dar meia-volta depois de perceber que havia dobrado no lugar errado. E, para ser sincero, mesmo quando eu tinha êxito em minha pequena expedição, isso nunca acontecia sem que, em algum momento, eu tivesse passado por minutos de desencorajamento e até mesmo de pânico.

Jipes avariados, sedãs amassados, batidos, ônibus desmontados, desmantelados, incendiados, trailers dilacerados, caminhões-tanque vazios, perfurados, furgões, caminhões, máquinas agrícolas de funções indiscerníveis, veículos de construção, material do exército. Manchas de óleo de motor, cheiros persistentes de pneus, de tinta em degradação, de vários combustíveis, de plásticos já esfarelados. Um mundo silencioso, fétido, perigoso e deserto. Um imenso labirinto em três dimensões que se estendia por quilômetros. Dentro dele, tia Mahshid estava muito à vontade, e a salvo de qualquer incursão mal-intencionada. Ela afirmava, com razão, que se a guarda nacional cercasse o ferro-velho e enviasse cinquenta soldados aguerridos atrás dela, ou até mais, ela não seria capturada, e que depois de uma semana de caça seus perseguidores desistiriam e voltariam de mãos vazias.

Eu chegava no meio da tarde, mesmo quando saía da cidade ao amanhecer, escondido de minhas educadoras. Tia Mahshid me acolhia por vários dias. Nós nos entendíamos muito bem, ela me convidava para sua cama, nos deliciávamos com carne seca, frutas secas, sementes e um *kumis* que ela comprava de criadores durante o que chamava de suas "cavalgadas de abastecimento". Na verdade, ela saía pouco de seu refúgio intransponível e, quando precisava fazê-lo, era da maneira mais discreta possível. Imagino também que ela não se desse ao trabalho de pagar pelos produtos que trazia para casa e que, na maioria das vezes, cereais e damascos ou figos vinham de celeiros de fazendeiros ricos, nos quais ela se introduzia à noite. O leite fermentado comprado dos criadores era pouco alcoólico, e ela enfatizava isso, insistindo no fato de que o álcool atrapalhava a concentração dos atiradores e sua precisão. Assim, bebíamos sem moderação, e nossa conversa esquentava, se dispersava em todas as direções, e nosso carinho um pelo outro não deixava de se fortalecer, mas tomávamos cuidado para não nos embriagar. Em todo caso, tia Mahshid ficava atenta a isso.

Porque no dia seguinte à minha chegada, o treinamento começava.

Tia Mahshid queria me fazer progredir em tiro com todas as armas de que ela dispunha, privilegiando tanto o tiro de tocaia quanto o tiro instintivo. Íamos a locais afastados da cabana, que ela julgava mais adaptados aos exercícios, mas, aonde quer que fôssemos, não faltavam alvos do universo de metal retorcido que nos cercava. Atirávamos com armas de vários calibres, mas também com todo tipo de armas silenciosas: arcos, bestas, facas, adagas voadoras, estrelas. Os espaços que ela escolhia para as armas de combate corpo a corpo se assemelhavam vagamente a salas de treinamento, eram bolsões que se formavam milagrosamente nos amontoados, mas, para o tiro com rifle ou pistola, ela me levava ao coração daquele emaranhado, cheio de ecos extraordinários, onde as balas assobiavam de forma impressionante antes de se espatifarem no metal. Eu não era bom em lançar adagas ou facas, e minha habilidade com um rifle de mira era bastante relativa, mas eu brilhava no tiro instintivo. Não sei por quê, o fato de mirar apenas com o corpo e a vontade me convinha nas armas de fogo, enquanto continuava medíocre nas outras disciplinas que exigiam os mesmos princípios, como facas ou *tomahawks*. Eu acertava com facilidade o que queria quando colocava a pistola em algum lugar que não fosse entre meus olhos e o alvo. Tia Mahshid me parabenizava, ela era severa nas instruções, mas pouco avara em entusiasmo.

O objetivo do treinamento era que eu me tornasse um guerreiro melhor, mas também que decidisse me juntar a ela na elite do banditismo.

— A gente se entende, Sam — ela dizia. — Podemos formar uma dupla e tanto. Eu lido com os cofres, você cuida da retaguarda e derruba todos que possam nos causar problemas.

Ela queria me recrutar por várias razões, primeiro porque tínhamos uma relação excelente e ela gostava de mim, mas também porque ela tinha dificuldade de se cercar de gângsteres em quem pudesse confiar. Capangas e cabeças quentes abundavam na região, no país, e ela não teria problemas para montar uma gangue poderosa em poucas semanas. No entanto, desconfiava dos criminosos de ocasião, com frequência mais presunçosos do que perigosos, e, por outro lado, ela tinha má reputação nos meios criminosos. Era considerada uma lenda, sua audácia e suas múltiplas proezas eram admiradas, mas havia relutância em se associar a ela.

Alguns espalhavam que, depois dos assaltos, e mesmo durante, ela eliminava aqueles que lhe desobedecessem ou perdessem a coragem. Coisa na qual estou inclinado a acreditar. Tia Mahshid, em plena ação, devia ser uma líder assustadora que era melhor não contrariar. Não lhe obedecer cegamente, discutir suas ordens quando não era momento de discussão, dar no pé antes que ela desse o sinal de retirada, isso sem dúvida levaria a uma punição imediata de sua parte — ou seja, como não se podia perder um segundo em discussões, uma bala na cabeça. Ela me explicava isso, aliás, sem rodeios. Fazíamos uma pausa no treinamento, ou deitávamos um contra o outro, com gosto de beijos e *kumis* na boca, e ela me explicava tudo. Em certos casos não existe outra maneira de afirmar sua autoridade. Tudo é governado pela urgência.

Apagar quem coloca a operação em perigo.

Não existe outra maneira de avançar sem ser capturado.

Confesso que isso me dava um pouco de medo. E se, em um dia de assalto a banco, eu falhasse, eu cometesse algum erro que tia Mahshid interpretasse como uma manifestação de desobediência? Será que, apesar dos laços familiares, ela também estouraria meus miolos?

Para não ser capturada, será que, na pressa, ela também me apagaria?

Ela não conseguia se livrar das suspeitas que recaíam sobre ela, a tendência para a execução selvagem da qual às vezes a acusavam abertamente, e isso complicava as coisas quando ela tentava reunir indivíduos sem fé nem lei. A isso se sobrepunha uma particularidade física que talvez a tornasse ainda mais inquietante. Ela tinha uma estreita mancha violácea que partia da mandíbula esquerda e descia pelo pescoço até se perder no decote. Seus amantes e eu sabíamos que ela não descia muito entre os seios, mas a opinião geral na criminalidade era que se tratava de uma tatuagem maléfica que representava uma serpente que se enroscava em todo o seu busto e descia até a virilha. Era o que bastava para que sua reputação de bruxa se estabelecesse e os temores a seu respeito se multiplicassem.

Ficávamos com a boca esbranquiçada pela espuma do *kumis* e ela voltava à carga:

— Tenho um plano impecável, Sam. Você vai ver. Vamos fazer tudo sem sofrimento e bem rápido. Dez minutos, no máximo. Só nós dois, com apenas um terceiro para cuidar dos cavalos. Um dia de viagem, dez minutos, retorno ao ferro-velho, e dividimos uma montanha de dólares sem sermos pegos.

Ela me olhava bem nos olhos. Eu estava acostumado à sua expressão facial, na qual se mesclavam indissoluvelmente uma grande ternura afetuosa e uma vontade de ferro. Eu olhava com carinho para a mancha violácea que já beijara tantas vezes.

— De todo modo, se formos pegos, que risco corremos? Depois de uma palhaçada de um julgamento, a perpétua atrás das grades. Viver na prisão é mais legal do que viver dentro do fogo, não?

Eu hesitava. Não me sentia pronto para sair daquele ninho quase pacífico, daquele maravilhoso esconderijo entre destroços, para participar de uma ação armada em sua companhia.

Não me sentia pronto para mergulhar sem volta no mundo do crime.

— Bem — comecei, suspirando.

— É sim ou não, Sam — ela deixou bem claro.

Eu me esquivei. Não queria dizer nem sim nem não, mas pensava não. Meus "talvez" e "mais tarde" não eram convincentes e, ao pronunciá-los, passou pela minha cabeça que eu estava sendo um molenga.

Ela percebeu, eu pensava com desânimo. Ela percebeu que sou um frouxo.

Terminamos o intervalo e ela me indicou alvos a serem atingidos agachado, caminhando, com tempo para mirar e disparando o que ela chamava de "tiro-pânico". Ela não insistiu em tentar me convencer a atacar um banco com ela. Terminei meu treinamento de tiro e me despedi de tia Mahshid sem que ela manifestasse o menor rancor. Nos beijamos como velhos cúmplices, prometendo nos rever o mais rápido possível. Na verdade, nunca mais nos vimos.

Como eu havia desertado, tia Mahshid se voltou para Mustik, um primo distante que nunca conheci e que ela também estava iniciando, em alternância comigo, nos estandes secretos do ferro-velho. Um garoto de dezessete anos. Ele foi morto durante um tiroteio, provavelmente pela guarda nacional. Mas talvez por tia Mahshid. Vai saber o que aconteceu de fato. E se ele tivesse tremido no momento errado? Ou interpretado mal a ordem que ela lhe gritava? Em suma: ela arrastou o jovem Mustik para a aventura, e ele acabou morto em meu lugar.

VOVÓ PADARAYA

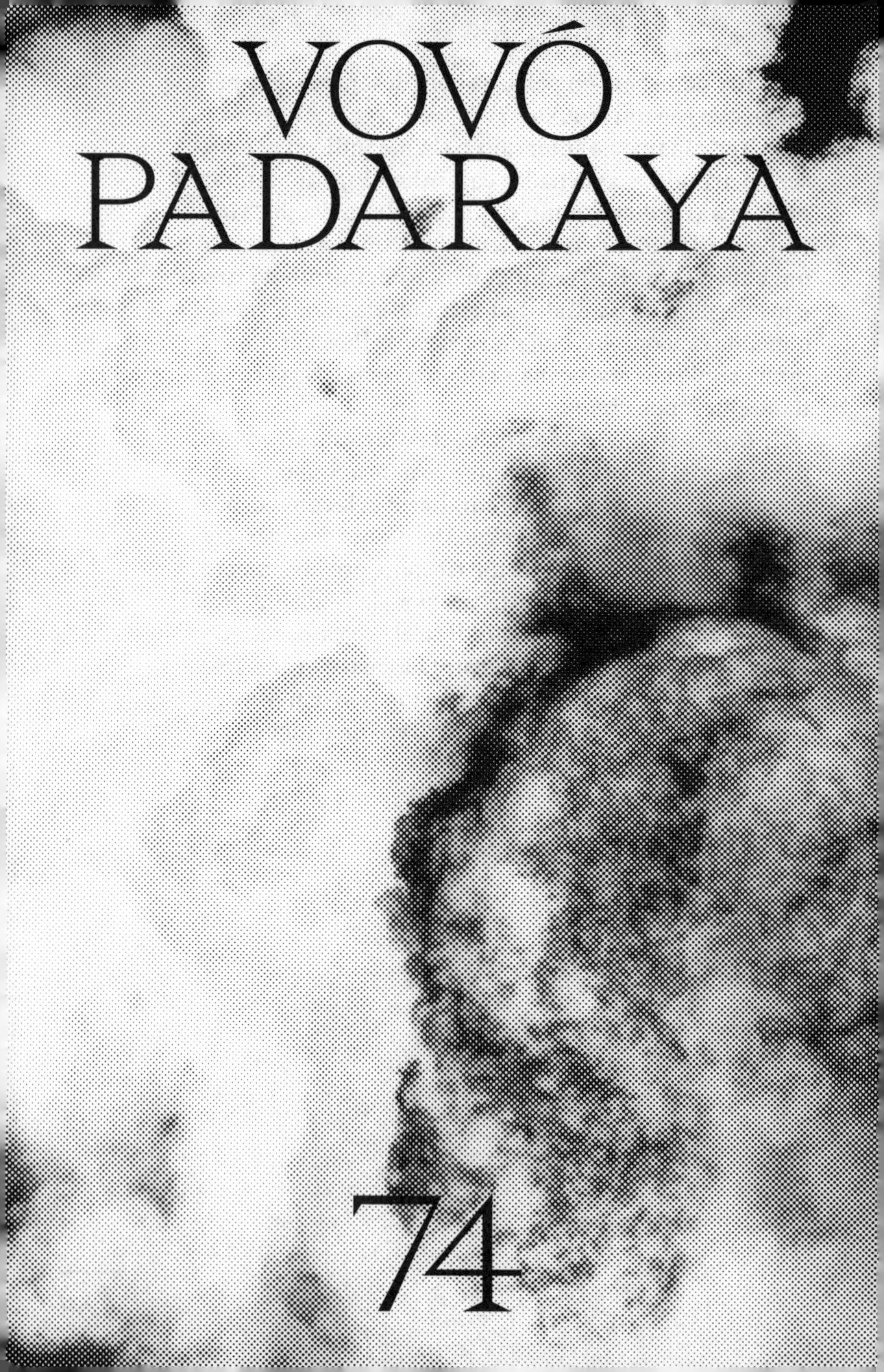

74

QUANDO QUERIA AVALIAR A MINHA IDADE, VOVÓ PADARAYA PRIMEIRO ME PERGUNTAVA COMO EU SENTIA A COISA, QUE IDEIAS PASSAVAM POR MINHA CABEÇA. SEM MUITOS RODEIOS, EU ENUMERAVA PARA ELA AS IDADES QUE ÀS VEZES ME atribuíram, seja no decorrer de uma conversa familiar, de uma sessão de fotos num laboratório especializado em psiquiatria e monstros de outros mundos ou, ainda, durante uma visita de rotina ao hospital militar. Trinta e três anos era o número que os médicos e estatísticos do exército concordavam em me atribuir, mas em outros lugares circulavam diagnósticos dos mais variados: dezessete anos para minha tia Zabel, na faixa dos quarenta para meus companheiros de dormitório, vinte e cinco anos para tia Almaz, sessenta e nove anos para os informantes da guarda nacional e até trezentos e doze anos em algumas fichas que a polícia desenterrara de seus arquivos não confidenciais. Vovó amarrotava vertiginosamente a máscara marrom-escura que lhe servia de rosto e interrompia a absurda ladainha agitando sua mão ressecada. Ela fazia um desses gestos mágicos de que tinha o segredo, que varria e anulava em um segundo tudo o que acabava de sair dos meus lábios.

— Esses cálculos não fazem sentido, Sam! Todos estão errados! Vamos calcular sua idade à minha maneira!

Eu sabia o que viria a seguir. Não era a primeira vez. Ela começaria citando datas históricas, para aos poucos diminuir a faixa que corresponderia à década e até mesmo ao ano de meu nascimento, e depois ajustaria o resultado se referindo a incidentes da família ou do clã que só ela conhecia. Ela me pediria para reagir a nomes de batalhas ou cataclismos, a declarações de guerra, a armistícios, a atentados ou outras atrocidades sangrentas. Ela nomearia mortos e mortas, esperando despertar algo dentro de mim. Eu estava pronto, mas já a lembrava de meus períodos de amnésia, que haviam arrasado completamente minha memória, tornando-a confusa e, sobretudo, enchendo-a de informações fantasiosas que eu havia colhido ao ouvir adultos e conversas ao meu redor. Eu não sofria com isso, pois estava acostumado, mas, em resumo, não tinha nada sólido a que me apegar, nada histórico e nada certo sobre meu próprio passado. Na escala do tempo, na esfera privada, eu havia situado um único evento ocorrido dois ou três séculos antes, o assassinato de meus camaradas em um bairro de alta segurança. Com exceção desse fato, que não sei por que se gravara em mim com imagens precisas, tudo era flutuante e distorcido, nenhum tipo de triagem era possível entre o real, o real deformado que me fora transmitido, os sonhos, meus próprios sonhos e os dos outros, os relatos familiares em que eu desempenhava um papel. Eu me adaptava, mas às vezes me perguntava se, em termos mentais, eu não era uma espécie de *freak*.

Eu expressava dúvidas sobre a condição que me atribuiriam se me comparassem aos membros normais de minha espécie.

Vovó Padaraya se indignava.

— Mas de jeito nenhum, Sam! O que você está dizendo... Um *freak*? Não, você não é um *freak*, nunca foi!

As sessões de avaliação da minha idade sempre terminavam da mesma forma — com um fracasso.

Vovó Padaraya, na verdade, estava interessada em outra coisa, não na minha data de nascimento. Sem me apressar, ela também queria me interrogar sobre o que acontecera durante aquilo que minha família chamava de "minha ausência": um momento de minha vida que se evitava analisar ou mencionar na minha presença, com medo de que isso me desequilibrasse e me precipitasse numa loucura cega da qual eu nunca mais conseguiria sair.

Eu realmente havia sido retirado *in extremis* de um incêndio assustador, no meio de uma cidade destruída onde tudo queimava, e me vira mergulhado em um estado comatoso muito, muito longo e profundo. As boas pessoas que tinham me socorrido haviam permanecido anônimas. Para além de minha minúscula tragédia individual, a sociedade ao meu redor afundava, sugada por um turbilhão incendiário de medo e salve-se quem puder generalizado.

A civilização humana, ou o que restava dela, queimava e desmoronava em um estrondo definitivo. Era o fim, seu fim. Depois viera o silêncio, e então um modesto renascimento, uma recomposição a partir dos escombros e dos sobreviventes. Eu não tinha sido testemunha dessas reviravoltas. Enquanto aconteciam, eu estava fora do mundo.

Fora do mundo e sem consciência. Havia sido praticamente abandonado durante séculos em subsolos herméticos, sob a vigilância de monjas que, também elas, tinham se afastado do mundo, mas, ao contrário de mim, de forma consciente. Elas não estavam aterrorizadas pelos tormentos que o universo enfrentava na superfície, duzentos metros acima, nem se interessavam por eles. Elas se dedicavam à eternidade, à contemplação do presente e do espaço negro e, por razões obscuras, já que não pertenciam a uma ordem hospitalar, aceitaram cuidar de mim. A família explicava esse devotamento por laços de sangue, sem dúvida tênues, mas ainda assim existentes. Não acredito nisso, devo ter me beneficiado de alguma combinação milagrosa de circunstâncias, no momento em que elas decidiram se encerrar embaixo da terra para prosseguir com sua estranha tarefa metafísica. Talvez tivessem me transportado com elas inadvertidamente, ou para ter um exemplo do que era a morte em ação. Isso, nunca saberei. De todo modo, enquanto eu não passava de um amontoado de carnes carbonizadas, elas cuidaram de mim e me mantiveram naquilo que, apesar de tudo, era uma espécie de existência.

Um dia me listaram o nome dessas mulheres há muito falecidas, insistindo que eram parentes distantes, ligadas a nós por ramos inverossímeis.

Sabrina Flor-de-Cedro, Luliane Doze-Estrelas, Fatune Tinta-Vermelha, Hannah Bela-da-Noite, Sumiko Trinta-Ladrões. E dezenas de outras.

Seus nomes me encantavam, eu os guardava em mim como as sombras e os sopros cristalizados de uma vida preciosa que nunca conhecera de verdade. Eles não evocavam um rosto ou uma silhueta, mas, nas horas de desespero, me tranquilizavam. Significavam que eu tivera uma existência antes daquela que, entre altos e baixos, estava vivendo. Era mais ou menos como a memória inalcançável que se tem da vida intrauterina, estendida por um tempo infinitamente maior. Digo isso ao acaso, não tenho certeza de que a comparação seja apropriada.

Várias gerações de monjas se sucederam à minha cabeceira, basicamente todo o tempo necessário para que o fim da história desse à luz o embrião de uma nova história. A meu lado, as monjas caquéticas, cada vez mais curvadas e cegas, passavam o bastão para jovens mulheres que, por sua vez, envelheciam, encolhiam e desapareciam.

Assim, conheci a ausência por um tempo que nenhum de meus parentes se aventurava a medir. Isso intrigava vovó Padaraya. Ela estava convencida de que, ao longo dessa viagem imóvel, durante essa imersão no infinito, eu havia registrado informações que agora era o único ser vivo a deter. Ela pensava que tudo estava enterrado dentro de mim e só precisava de uma hábil intervenção de sua parte para voltar à superfície.

Por hábil intervenção ela entendia um interrogatório rigoroso, mas, como este não produzia resultados, a seu ver um método mais forte poderia produzir resultados menos lamentáveis.

— Precisamos de uma baita emoção para você se lembrar do passado — ela dizia. — É como se suas memórias estivessem guardadas dentro de um livro escrito numa língua estranha. Um livro que está trancado dentro de uma caixa com cadeado. Tudo isso num cofre, em profundezas inimagináveis. Para que tudo saia, precisamos de um bom fórceps.

Quando ouvia vovó Padaraya descrever assim os esconderijos secretos da minha consciência, eu soltava um grande suspiro. Por experiência, sabia que ela usaria contra mim uma desagradável técnica de parto, e como sabia que o parto, mais uma vez, não daria em nada, ficava claramente sem entusiasmo.

— Em que ponto você está nas suas lições de fogo? — ela perguntava.

— Não muito longe — eu mentia. — Só na teoria.

— Bom, então vou devagarinho — ela decidia.

Ela buscava uma panela e a enchia com um pouco de álcool. Tocava fogo lá dentro, resmungando, como se o líquido estivesse resistindo, embora as chamas logo extravasassem do recipiente e ela precisasse se afastar para que não lambessem seu rosto, seu pequeno rosto enrugado como uma maçã murcha.

— Você se lembra de algo? — ela perguntava.

Então aproximava a panela do meu rosto. As chamas eram azuis, de um azul hesitante, ora intenso, ora desbotado. Eu tinha recebido lições de fogo suficientes para não temê-las e para me convencer de que eram mais frias do que quentes, mas, para entrar no jogo de vovó Padaraya, eu recuava e apertava os olhos, com uma careta assustada.

— Você estava bem no fundo da terra — vovó recitava. — Você estava com as monjas. Tente se lembrar. Algum detalhe com certeza vai voltar.

Ela passava a panela embaixo do meu nariz. Como supunha que eu fosse muito pouco iniciado nos mistérios do fogo, tomava cuidado para que nada queimasse, nem em meu rosto nem em meu cabelo.

— Assim que visualizar uma imagem, me sinalize — dizia vovó Padaraya, balançando as chamas de um lado para outro, de um jeito que ela provavelmente considerava ritual e até mágico.

Depois ela fazia a panela girar com uma excitação de xamã, elevando-a, abaixando-a, agitando-a e balbuciando algo quando não se dirigia a mim diretamente. O álcool crepitava, seu cheiro agora me cercava.

— Um detalhe, Sam — ela ofegava.

— Você vai ter um estalo — ela prometia.

— O fogo — ela arfava. — Você escapando da morte. As monjas.

Eu fingia me concentrar.

— Você está no fundo — ela sugeria. — As monjas ao seu redor.

Eu não via nada, e lamentava. Teria gostado muito que do nada surgisse ao menos a sombra quase indiscernível de Sumiko Trinta-Ladrões, ou de Luliane Doze-Estrelas, ou de qualquer outra das monjas que por tanto tempo me acompanharam, por tanto tempo me acompanharam e mimaram.

TIA SOGON

82

ÀS VEZES, TIA SOGON E EU ESCAPÁVAMOS DO AMBIENTE FAMILIAR QUE A SUFOCAVA TANTO QUANTO A MIM E GALOPÁVAMOS ATÉ A CIDADE VIZINHA, QUE FICAVA A APENAS SETENTA QUILÔMETROS DE DISTÂNCIA.

Desde o fim da guerra, a cidade se chamava Newtown, e quase ninguém seria capaz de dizer qual era seu nome anterior, antes da Grande Miséria e da guerra sombria, em uma época de catástrofe permanente que nos era muito difícil imaginar, pela falta de arquivos e relatos. Ninguém se importava com seu antigo nome. A não ser tia Sogon. Não se sabe por quê, ela se interessava pelo passado e tentava me fazer partilhar de seu interesse e de seus questionamentos. Ela afirmava ter descoberto que, antigamente, Newtown se chamava Gumkhad. Para agradá-la, eu fingia querer saber mais sobre as gerações que tinham nos precedido, sobre o mundo tal como ele era antes da grande conflagração e da destruição de quase tudo e de quase todos, mas, no fundo, eu também não me importava. Eu não via o que isso poderia me trazer. Achava que já tinha muito o que fazer e pensar, com meu presente e meu pequeno passado pessoal.

E assim, de tempos em tempos, seguíamos para Gumkhad. Tia Sogon era uma de minhas instrutoras de fogo, e a viagem a Gumkhad fazia parte, dizia ela, de meu percurso de iniciação.

Fazíamos uma parada no meio do caminho para poupar os cavalos. A estepe era ondulada e magnífica. A estrada velha podia ser avistada à nossa direita, uma fita que se estendia pela vegetação sem serpentear, uma faixa verde muito nítida porque a folhagem que ali florescia era diferente da que crescia mais adiante no campo. Mais prateada e, em alguns pontos, delicadamente esmeralda. Os buracos e montículos das toupeiras, os tufos espinhosos não pareciam abundar por lá. E mesmo assim, embora mantivéssemos essa estrada como referência, não a utilizávamos. Ela sem dúvida havia sido um dos eixos percorridos pelas tropas de insanos chefes guerreiros, obtusos e sanguinários, em marcha rumo à vitória ou à debandada. Temíamos colocar o pé ou o casco de um de nossos animais sobre um esqueleto de soldado ou sobre uma das minas terrestres que alguns cretinos militares, pertencentes a vai saber qual grupo exterminador, haviam semeado ali duzentos anos antes. Nem tia Sogon nem eu tínhamos vontade de roçar os mecanismos dessas assassinas adormecidas e deixar nossas pernas para trás.

— Se não quiser acabar aleijado — avisava tia Sogon —, nunca faça xixi escondido atrás desses arbustos.

Assim, parávamos no meio do caminho, como já disse, e, enquanto nossas montarias descansavam, ofegavam e balançavam a cabeça ao sol, estendíamos na grama uma manta sobre a qual nos acomodávamos. Não havia nenhuma árvore e nenhuma sombra por perto. Mas, como a temperatura do ar era bastante fresca, ficar ao sol não nos incomodava. Estávamos longe de tudo. Aproveitávamos nossa intensa liberdade e o fato de nenhum ser humano ou semelhante poder nos surpreender. Não tirávamos toda a roupa, mas ficávamos à vontade. Nossos corpos se entendiam às mil maravilhas. Tia Sogon levava água e nos lavávamos abundantemente depois de nos divertir.

No início da tarde, entrávamos na cidade que era o destino de nosso passeio. Newtown era um nome muito mal escolhido, pois Gumkhad nunca se reerguera das cinzas. Longe de acolher uma nova população, um novo ímpeto de renascimento, a aglomeração se contentava em abrigar os restos dos bisnetos dos sobreviventes, modestos e temerosos, convencidos de que desfrutavam de uma sobrevida imerecida e de que não tinham futuro algum. Percorríamos as ruas vazias e, quando por milagre avistávamos uma sombra, ela desaparecia a toda velocidade. Olhares talvez nos seguissem da escuridão das casas habitadas, mas, como sabíamos que não tinham nada de hostil, não tentávamos surpreendê-los ou enfrentá-los. Os ecos dos cascos ecoavam de parede em parede como em ruas fantasmas. Muito mais do que a cavalgada na estepe, essa marcha nos dava a impressão de sermos os heróis de uma aventura de ficção científica na qual seríamos os últimos humanos percorrendo um mundo destruído.

Tia Sogon parava seu cavalo na frente de um edifício bastante imponente, uma antiga sala de projeção da qual ela tinha as chaves, talvez porque um dia tivesse se relacionado com o dono do lugar, ou talvez porque as tivesse roubado, em circunstâncias que me era difícil imaginar e das quais ela não falava. Eu não me atrevia a entendê-la em todos os detalhes. Conhecia um pouco seu corpo, mas não muito bem o que ela escondia atrás de seu delicioso rosto. Acho que era do tipo que assassinaria alguém sem hesitar para se apossar de um conjunto de chaves e se apropriar de um esconderijo secreto. De todo modo, ela era a única que podia entrar e sempre se preocupava em trancar a porta ao sair, como se fosse uma propriedade privada que não queria ver tomada por eventuais invasores.

Subíamos ao andar de cima e nos trancávamos em uma grande sala sem janelas que devia ter sido um centro de documentação e arquivos. O local não havia queimado, sua coleção estava intacta. Fitas, rolos, ovos mágicos, discos de diversos formatos, cartões de memória, fitas eletromagnéticas, cubos mágicos, películas, chaves biônicas, plásticos-bolha, todos os tipos de suportes, dentro de caixas, prateleiras, contêineres de ferro, gavetas, dentro de máquinas cujos nomes ignoro. Por razões culturais e técnicas, pois seu manuseio era muito simples, e também por se sentir organicamente ligada a eles, tia Sogon tinha preferência pelos ovos mágicos. Bem como pelo projetor que, na gíria do ofício, os projecionistas da época anterior à guerra haviam batizado, segundo ela, de "incubadora". Ela reproduzia reportagens sobre épocas tão distantes que era difícil não considerá-las pertencentes a uma lenda pré-humana ou pré-histórica. Enquanto iniciadora à vida no fogo, enquanto uma de minhas principais instrutoras, ela se empenhava em me mostrar imagens relacionadas a esse aspecto de minha educação. Ela me mostrava outras, por prazer, para nosso prazer, mas a essência das projeções dizia respeito, direta ou indiretamente, ao tema do fogo.

A incubadora nem sempre funcionava de maneira satisfatória. Às vezes era necessário conectá-la a um dínamo de reserva, e, para que ligasse, eu precisava girar uma manivela por vários minutos. Os rangidos do mecanismo mal lubrificado feriam meus tímpanos. Enquanto eu fazia força no meio daquela estridência toda, tia Sogon batia na carcaça do aparelho de uma forma que me parecia tão ritual quanto brutalmente enfurecida e enfatizava suas pancadas ritmadas com breves objurgações numa língua dos altiplanos cheia de sons guturais, da qual eu não reconhecia nada, nenhuma raiz, nenhuma palavra. Sou levado a crer que era um dialeto reservado a maldições e ofensas, ou talvez algo que tirava sua violência das remotas origens aviárias e rapinantes de tia Sogon — aliás nem tão distantes assim, pensando bem. Havia mistérios ocultos naquela sequência de grasnidos. Por nada no mundo eu teria a insolência de pedir a tia Sogon que explicasse a natureza de suas exclamações.

Seja como for, a incubadora acabava acordando. Eu deixava a manivela em paz e me acomodava para o espetáculo. O ovo mágico que tia Sogon havia introduzido no receptáculo começava a dar vida a algumas cenas. Uma tela se acendia na penumbra da sala. Havia várias, cada uma obedecendo ao fluxo em preto e branco ou a cores que lhe era enviado. Eu adorava aqueles primeiros momentos maravilhosos em que as imagens à minha frente ganhavam vida, e depois me tornava um espectador alucinado. Eu gostava de tudo, mas confesso que preferia o preto e branco. Tinha a impressão imediata de entrar em contato com uma realidade paralela, impregnada de um passado peculiar e de poesia, enquanto os filmes coloridos eram apenas testemunhos infelizes do que havia sido e não era mais. Além disso, as imagens em preto e branco costumavam ser muito mais bonitas.

A sala de projeção ficava mergulhada em uma luz piscante e fraca, que vinha tanto do aparelho em funcionamento quanto de uma lâmpada de baixíssima voltagem que tia Sogon ligava assim que cruzávamos o limiar. Ela não a apagava enquanto fixávamos a tela, para, como ela dizia, "Não nos perdermos na ficção". Uma expressão que na época eu não entendia e que ainda não entendo.

Tia Sogon geralmente começava o espetáculo com um pequeno filme que eu conhecia de cor, mas que ela considerava indispensável à minha formação, como uma espécie de encantamento mântrico que não poderia de forma alguma ser negligenciado antes de qualquer imersão no conhecimento, quero dizer, no conhecimento do fogo. Um lembrete necessário do que não se deve fazer, daquilo em que não se deve acreditar, a caricatura de uma concepção errada da queima e do fogo.

A sequência não era muito longa, tinha sido capturada no subcontinente indiano, na época em que ele ainda era habitado e recebia turistas. Para impressioná-los e ganhar algumas rúpias destinadas a alimentar suas famílias, faquires de pequena envergadura espalhavam no chão um tapete de brasas que eles percorriam rapidamente, com passo firme ou dançante, mas sem permanecer sobre o fogo mais do que alguns segundos. A seguir, eles convidavam alguns alunos ocidentais a fazer o mesmo, um grupo de cinco ou seis discípulos vindos de longe para participar de um estágio de caminhada sobre o fogo, coroado por aquela cerimônia única de iniciação. Fortalecida por uma semana de meditação, e com as plantas dos pés cobertas por uma pasta de amianto que as isolaria por alguns instantes das brasas que eles estavam prestes a pisar, aquela meia dúzia de hippies iluminados se acotovelava, com uma surpreendente ausência de apreensão, diante da extensão incandescente. Um depois do outro, eles se lançavam pelo caminho estreito. Era noite, o ar estava totalmente escuro, ondulando acima das brasas. Confiantes e aparentemente impávidos no primeiro instante, no segundo os hippies já eram fulminados pela dor. Vestiam roupas soltas que não lhes caíam bem e que de repente tornavam ridícula sua pretensão ao faquirismo. Na mesma hora, esqueciam os conselhos que haviam sido dados antes da prova. Era visível que o terror instantâneo os invadia quando eles contemplavam os dez metros de brilho avermelhado que ainda precisavam atravessar misticamente e sem gritar. Nesse curta-metragem, apenas as duas mulheres do grupo tinham controle suficiente para resistir até o fim do braseiro ardente. Os outros, os barbudos autoritários, desistiam a um terço do percurso, abandonavam as brasas com urgência e saltitavam do lado de fora antes de desabar gritando, com os dedos dos pés fumegando, os calcanhares com bolhas até os tornozelos. Digo barbudos autoritários porque era assim que tia Sogon os chamava.

— Que palhaçada — ela repetia. — Isso não tem nada a ver com a existência dentro do fogo, Sam. Estou mostrando isso para que você esqueça os charlatães de feira, os números de circo e os pobres ocidentais em busca de emoções fortes. Isso não tem nada a ver com você.

Eu assentia com um ardor um pouco exagerado. Naquela época, ainda estava em uma fase preparatória, sem a perspectiva imediata de sessões práticas. Mas confesso que ainda não havia conseguido me livrar de uma ideia sobre a existência dentro do fogo que permanecia bastante próxima à dos faquires e seus discípulos ocidentais, fossem eles jovens místicas magricelas, talvez mais do que levemente esquizofrênicas, ou barbudos autoritários com seu orgulho rapidamente ferido. Eu não me identificava com nenhum dos dois. No entanto, não havia conseguido estabilizar em mim uma concepção do fogo realmente distinta da dos lamentáveis participantes daquele aprendizado folclórico. Eu estava progredindo, sem dúvida, mas as advertências de tia Sogon não eram supérfluas.

— Entrar no fogo para existir dentro do fogo — continuava tia Sogon — é mudar de mundo. É se estabelecer em outro lugar. Significa deixar tudo que você conhece e aceitar outra coisa. Significa parar de ser estranho ao fogo.

— Pois é — eu dizia.

— Também significa deixar de ser estranho ao estranho.

Eu ouvia com atenção, com vontade de ser um bom aluno até o fim, um excelente aluno. Naquele momento, eu entendia todas as explicações de tia Sogon, mas tinha dificuldade em integrá-las a meus raciocínios para mais tarde, quando estivesse realmente no coração das chamas.

Tia Sogon me mostrava vários filmes e documentos e, ao final da sessão, me questionava para verificar se eu havia absorvido o essencial de sua lição. Eu nem sempre respondia como ela desejava. Quando eu sentia que a resposta certa me escapava, tentava disfarçar, abordando questões anexas, que me preocupavam tanto quanto os elementos que tia Sogon tentava fazer entrar na minha cabeça. Às vezes me sentia como um iniciante retrocedendo e, de volta à primeira lição, não conseguia entender como sobrepor, por um lado, o que se chama vulgarmente de existência e, por outro, a agressividade das chamas, a oxidação rápida, a carbonização, as faíscas e as cinzas finais.

Como eu queria a todo custo evitar falar sobre o que se deve sentir quando se é metamorfoseado em tocha, eu balbuciava hipóteses, pontos de vista sobre o espaço-tempo, sobre mundos paralelos.

— Que história é essa de espaço-tempo, Sam? — protestava tia Sogon, me fulminando com o olhar. — Acha que estamos aqui para brincadeira? Para quem está no coração do fogo, o espaço e o tempo que se danem!

"CHOV MOKRUN ALNAOBLAC"

JÁ QUE ESTOU FALANDO DE TIA SOGON, APROVEITO PARA MENCIONAR SEU DESAPARECIMENTO, QUE OCORREU MAIS TARDE, OBVIAMENTE, MUITO DEPOIS DE NOSSAS CONVERSAS SOBRE O ESPAÇO-TEMPO. NUMA ÉPOCA EM QUE já estávamos colocando em prática as lições que minhas tias e avós ensinaram. É verdade que não estou respeitando a ordem cronológica que se poderia esperar. As anedotas de minha vida se atropelam em minha memória, eu as acolho quando e como elas vêm, sem me preocupar em organizá-las e reconstruí-las. Que importância isso tem?

Sim, que importância isso tem agora?

Na companhia de tia Coltrane, tia Sogon havia preparado para mim uma segunda vivência dentro do fogo. A primeira fora interrompida de forma violenta e inconcebível pela irrupção de um pássaro de fogo que havia massacrado tio Slutov. Eu conseguira dominar meu medo e me libertar do fogo, saindo dele quase tão tranquilamente quanto se estivesse em um lugar normal, não em um universo paralelo. Não gritara por socorro, não pedira a ajuda de um guia, confiara em meu instinto e avançara em direção à única saída, sem que o pânico me lançasse contra obstáculos intransponíveis. Eu dominara à perfeição o vicioso labirinto do fogo. Essa experiência não programada me rendera vários elogios e acelerara o ritmo do ensino sobre como viver dentro do fogo. As mulheres da família responsáveis por minha educação agora acreditavam que eu havia provado minhas habilidades de adaptação dentro das chamas. Assim, eu não precisava mais de tediosas sessões teóricas, já não era necessário me ensinar essa aptidão, uma vez que eu a possuía naturalmente. Vovó Rebecca havia decretado que eu poderia "pular uma etapa". Eu fazia pose de modesto, apertava os lábios para fazer um beicinho insolente, irônico, para demonstrar não levar a sério os elogios que recebia, mas, no fundo, estava muito orgulhoso.

Por iniciativa de tia Coltrane, uma comissão familiar restrita se formou. Não fui convidado, me deixaram brincando no pátio durante as sete ou oito horas em que as participantes se reuniram. Eu brincava de esconde-esconde com minhas primas e meu primo Bébert, que tinha o sotaque da capital e nos desprezava abertamente, enquanto, nesse meio-tempo, meu destino era decidido. Eu tinha uma ideia bastante clara da composição da comissão e principalmente do que ela poderia decidir sobre mim e meu futuro, e ainda que tia Sogon, antes da reunião, tivesse me assegurado que eu teria a simpatia da maioria das participantes que avaliariam meu caso, uma certa preocupação atormentava meus pensamentos. Eu conhecia a escala de notas que seria usada para avaliar minhas habilidades. Como eu já havia passado por um primeiro contato com o fogo, os rótulos negativos como "incapaz", "irremediável" ou "deficiente" estavam excluídos. Mas eu almejava qualificativos mais honoráveis e até pomposos, já que estávamos nisso. Por trás de minha máscara parcialmente sincera de modéstia, eu esperava merecer adjetivos como "excepcional", "claramente muito talentoso" ou "excelente".

Enquanto o crepúsculo da noite avançava, tia Coltrane atravessou o pátio, havia muito abandonado por meus companheiros de brincadeira. Eu estava sentado a um canto, sujo e esquecido. Eu havia discutido com Bébert e nós tínhamos trocado alguns empurrões antes de nos agarrarmos e rolarmos pelo chão. Eu estava machucado e amargurado, pois Bébert havia levado a melhor. Com uma expressão um tanto melancólica, tia Coltrane me anunciou que a comissão a encarregara, junto com tia Sogon, de organizar minha segunda viagem para dentro do fogo. Era uma boa notícia, embora, para ser sincero, eu só estivesse interessado na palavra com a qual fora rotulado. Os cumprimentos do júri são uma coisa muito pequena, mas sempre fazem bem. Tia Coltrane não me comunicou nenhuma palavra de louvor. Sem me dizer o que haviam concluído a meu respeito, ela me confirmou que a família havia emitido um parecer favorável e não me escondeu a existência de alguns poréns. Eu soube mais tarde que duas de minhas avós, vovó Drillmak e vovó Sachs, tinham se manifestado de maneira solene, apoiadas por tia Odessa, no sentido de eu ser proibido de qualquer entrada no fogo e qualquer avanço no aprendizado do fogo. Para as três, a chegada de um pássaro de fogo logo em minha primeira vivência significava que eu tinha um destino amaldiçoado e era uma fonte de infortúnio. Involuntária, é claro, mas uma fonte. Elas reconheciam que eu era promissor, que tinha um perfil ideal, no entanto, ao mesmo tempo, recomendavam que se desse fim à minha educação nesse campo. Abalada por esses discursos alarmistas, a assembleia esteve a ponto de pender a meu desfavor. A veemência das três mulheres não era direcionada a mim, mas ao perigo que eu representava para meus professores. Eu tinha *scoumoune*, era azarado, isso era indubitável, e a primeira vítima havia sido tio Slutov. Poderia haver outras. Os debates foram acalorados. Tia Sogon e tia Coltrane conseguiram arrancar da comissão o direito de me preparar para uma segunda sessão, no fim, "por sua própria conta e risco".

— Você vai ver, Sam — disse tia Coltrane com delicadeza. — Vamos cuidar de você, nós duas. Que absurdo essa história de que você atrai infortúnio. Sua vovó Sachs é uma velha gagá, mas quase convenceu todo mundo.

— Eu nem sabia que existiam pássaros de fogo de verdade — murmurei em minha defesa, como se precisasse me justificar pela morte horrenda de tio Slutov.

— Mas é claro, não tem nada a ver com você — me consolou tia Coltrane. — O azarado foi tio Slutov. Se você se saiu tão bem, é porque tem *baraka*, é sortudo, isso, sim.

Eu ainda não conhecia o termo "scoumoune" nem o termo "baraka". Tia Coltrane os traduziu rapidamente. Eles vinham de uma língua morta cujo nome ela não conseguia recordar. Ela me assegurou que, uma vez dentro do fogo, as diferenças entre as línguas do mundo, mortas ou sobreviventes, se apagavam rapidamente, e que eu seria capaz de entender tudo, supondo que alguém se dirigisse a mim.

— Supondo que alguém se dirija a você — ela disse, soltando uma gargalhada.

Ela insistia no fato de que eu estaria muito sozinho, o que quer que acontecesse, e de que, *baraka* ou não, haveria um momento em que até a ideia de contar com qualquer ajuda se dissiparia. Eu sabia disso havia muito tempo, mas me incomodava que me lembrassem a todo instante. A solidão era uma situação que eu podia enfrentar sem problemas. Mas a solidão absoluta no coração do fogo era uma perspectiva que eu ainda não havia completamente assimilado. Esse caráter absoluto e irreversível continuava a me assustar.

No dia seguinte, meu treinamento começou. O fogo, em si, era um incômodo secundário. A principal dificuldade de uma viagem dentro do fogo, sem falar de uma vivência prolongada, era não ter um histérico ataque de pânico ao perceber, de maneira muito concreta, que se havia entrado em um mundo estranho, governado por uma geometria e uma cultura onde nada era familiar, um mundo sem saída aparente, onde nada convidava a imaginar um futuro, onde tudo escapava. A súbita percepção desse descompasso irreversível feria a consciência. Feria, desestabilizava e lhe retirava todos os equilíbrios fundamentais. A ideia de estar condenado ao além começava a crescer. A ideia de que não se conseguiria sair expandia como um saco cheio de fuligem, ameaçando estourar a qualquer momento. Das profundezas emergiam ecos de sonhos ácidos, assustadores e sombrios. O medo chegava, primeiro como um tênue fio, depois como um fluxo torrencial que arrastava tudo em seu caminho, autoconfiança, julgamento, razão. As pulsões de fuga gritavam dentro do corpo. Elas eram fatais. Era preciso aprender a dominá-las, aprender, aprender e aprender de novo. No meu nível, eu podia esquecer o fogo, suas chamas e fumaças, pois isso não era o essencial, não era nisso que o ensino, naquele momento, se concentrava. A combustão, a carbonização, veríamos depois. Primeiro eu precisava me sentir como um peixe dentro d'água naquele mundo estranho.

Tia Coltrane e tia Sogon tinham planejado para mim, portanto, a título de segundo percurso iniciático, uma expedição em que as chamas não desempenhariam um papel de destaque. O fogo, elas não paravam de repetir durante as sequências preparatórias, não tem nada de estranho ou surpreendente. O que eu precisava aprender a administrar, acima de tudo, elas martelavam até a exaustão, como se eu fosse um débil mental incapaz de memorizar os fundamentos de suas lições, era o contato com o estranho.

Sem descrever o que eu poderia encontrar, tia Coltrane me deixou escolher entre dois locais cujos nomes não me evocavam nada de familiar.

Primeiro, o pesadelo de Sohatalán.

Segundo, o pesadelo de Sohamár.

Pronunciei o nome do segundo, ao acaso.

Tia Sogon riu.

— Estávamos brincando, Sam — ela disse. — Era só para que você se sentisse um pouco responsável pelo que vai acontecer. Nem Sohatalán nem Sohamár existem. São nomes que aparecem numa canção que ouvi num filme, em Newtown. Num disco mágico. Mas o pesadelo...

— Mas o pesadelo, sim, ele existe — completou tia Coltrane. — Você vai ver.

Ela também ria.

Não com maldade, mas de uma maneira destinada a me lembrar de que, nas mãos das duas, eu não passava de um filhote que não conhecia nada do mundo.

— Bom — declarei com sobriedade. — Estou pronto.

Cavalgamos até um vale que marcava a entrada de uma parte da estepe que nosso clã sempre havia considerado "território sujo", e onde ninguém, consequentemente, se aventurava. O caminho à nossa frente se dividia, ou melhor, podíamos distinguir, em certo ponto, algo entre a vegetação que se assemelhava a uma bifurcação, com uma pedra coberta de musgo no centro, servindo de marco. Duas trilhas quase imperceptíveis. A primeira, que havia sido larga, tinha ao longe algumas dezenas de metros de faixa de cimento, que atestavam sua antiga condição de via expressa, e a segunda começava definida e logo se perdia na pradaria. Paramos. Tia Sogon e tia Coltrane se entreolharam.

Pensei nas lendas em que os heróis precisam escolher entre duas ou três direções, uma que os levará à riqueza, outra que os levará ao amor, a terceira que os levará à morte. Ao mesmo tempo, eu sabia que não vivíamos no tempo dos contos de fadas. Sabia que, se continuássemos em linha reta, em direção às lajes de cimento e ao que viria depois, iríamos em direção à capital. O que nos prometia longos dias de viagem pela estepe vazia, cerca de uma semana de cavalgada, e, por fim, a chegada a uma cidade decepcionante, chamada de capital por tradição, mas terrivelmente despovoada e sufocante. Meu cavalo balançou a cabeça, como nos contos de fadas, no momento da escolha. Ele parecia hesitar, como nós três, que já havíamos deixado passar um minuto e não dizíamos nada. Pegar a segunda trilha, se embrenhar no capim alto, significava ignorar os avisos que tornavam o lugar a fronteira de uma região proibida, inexplorada havia séculos, suja e desconhecida.

Tia Coltrane guiou seu cavalo para a direita. Ela contornou a pedra coberta de musgos e líquens. Estávamos prestes a abandonar a estrada da capital.

— Vamos por aqui — ela decretou.

Eu me deixava guiar. Não tinha nenhuma opinião sobre nossa expedição, na verdade não conhecia nem suas linhas gerais, nem seu objetivo. Minhas instrutoras tinham me feito montar em um cavalo, tinham gentilmente zombado de mim ao me deixarem escolher entre dois pesadelos, Sohatalán e Sohamár, mas tinham permanecido caladas a respeito do restante da viagem, da prova e da lição que se seguiria. Eu obedecia, como um aluno disciplinado.

Sem que pronunciássemos uma única palavra, tia Sogon e eu seguimos com nossas montarias atrás de tia Coltrane. Rumo à pradaria proibida, seus perigos, seus venenos desconhecidos, seus territórios sujos. Ou seja, seguíamos rumo a lugar nenhum. Eu tinha a impressão de que estávamos indo para o nordeste, a crer na talvez enganosa indicação do sol. Mas, principalmente, rumo a lugar nenhum.

A vegetação alcançava uma altura impressionante e roçava o peito dos nossos animais, o que os deixava nervosos. À primeira vista, a região em que nos encontrávamos não tinha nada de especial, ela se assemelhava a todas as paisagens que eu conhecera até então. Grandes extensões verdes, onduladas até o horizonte, perfumadas, suavemente acariciadas pelo vento. Um céu opressivo, sem nuvens. No entanto, logo percebi que estávamos avançando por uma terra cuja suposta sujeira, invisível sujeira, a tornava estranha. Sem marmotas, sem gafanhotos, sem aranhas-das-estepes. Nenhum urubu batendo as asas acima de nós. O grande silêncio de uma natureza sem nenhuma vida animal além da nossa.

Cavalgamos por horas, sem forçar nossas montarias e mantendo o mesmo rumo. Não trocávamos uma palavra. Minhas tias, como eu, pareciam perdidas em seus pensamentos. Parávamos de vez em quando, e tia Sogon e tia Coltrane desciam dos cavalos e se isolavam, provavelmente para fazer suas necessidades. Eu as imitava. Bebíamos um pouco de chá frio e retomávamos a marcha. O capim ao nosso redor era alto e muito verde, muito macio, mas produzia sons de folhas secas. Durante as paradas, os cavalos buscavam outras espécies, mais tenras ou mais saborosas. Por vários sinais, calafrios inesperados, movimentos de cabeça, relinchos repetidos, via-se que não estavam à vontade. Mas não estávamos abusando deles. Íamos a passo, um pouco mais rápido do que se tivéssemos caminhado ao lado deles, mas pouco.

Quando o sol começava sua curva descendente, saímos do capim alto. Entramos em um desfiladeiro, depois saímos, e de repente vimos à nossa frente, bloqueando o horizonte, uma massa cinzenta e pedregosa, nua, que eu já vira em expedições na companhia de tia Moirane, uma montanha chamada Crânio do Lobo. Tia Moirane sempre apontava para ela com desdém, porque era lá que seu marido se escondia depois de notórios contrabandos ou pilhagens. Em fendas secretas, havia cavernas onde tio Wassaf passava semanas ou meses antes de ser capturado pela guarda nacional e de novo condenado a longas temporadas atrás das grades. Mas não tínhamos nenhuma razão para estarmos tão próximos daquela montanha. Em nenhum momento tínhamos desviado de nosso rumo nordeste e, consequentemente, tínhamos passado o dia nos afastando desse famoso refúgio de bandidos e da pradaria onde tia Moirane havia instalado sua iurta, atrás de nós, na direção oposta, ao sudoeste. Deveríamos estar separados do Crânio do Lobo por centenas de quilômetros. O Crânio do Lobo não podia estar na nossa frente. Era impossível.

— Perdi todo o senso de orientação, ou o quê? — perguntei.

— Por que está perguntando isso, Sam? — perguntou tia Coltrane, olhando para mim.

— Por causa das montanhas. Elas deveriam estar muito longe atrás de nós. Nunca seguimos na direção delas e elas não fazem parte do território sujo.

— Já entramos no modo onírico, Sam — disse tia Sogon. — É só isso.

O que, de fato, era suficiente como explicação.

No modo onírico. Tudo bem. Era só isso.

— Ah, tudo bem — eu disse.

Continuamos nosso caminho por mais uma hora e meia. A vegetação era menos densa, o capim parecia mirrado e meio murcho. O ar não cheirava mais a húmus e pólen, não inebriava mais como na imensa estepe, as rajadas de vento carregavam aromas de pedra, sílex, carvão. Em vários lugares, o solo não era mais do que terra dura e descascada.

Então avistamos Gömgam, uma antiga cidade mineradora que talvez um dia tenha sido próspera, cheia de atividade, mas que agora devia ter uma população de no máximo dez habitantes. Um lugar feio e sem interesse, encravado no meio de ruínas industriais e montanhas de rejeito. Restos de esteiras transportadoras, vilas operárias desmoronadas, tanques em ruínas, um lago assustador cheio de uma água cor de alcatrão. Tia Moirane me falara do lugar como um dos mais horríveis da região. Ficava a menos de um dia a cavalo de sua iurta, mas nunca havíamos pisado ali. Assim como o Crânio do Lobo, não era um objetivo de passeio. Eu a havia avistado uma vez no horizonte, enquanto tia Moirane e eu vagávamos sem rumo pela estepe. Déramos meia-volta. No entanto, essa Gömgam avistada na companhia de tia Moirane não estava inserida em um território sujo. Ela ficava em outro lugar. Não estava cercada de terras contaminadas, envenenadas, e, de qualquer forma, seguindo na direção nordeste só nos afastaríamos dela. Gömgam havia sido magicamente transportada de uma região para outra.

Tudo bem.

Não procurei saber mais sobre o truque de mágica que nos fazia chegar ao antípoda do que a lógica e os pontos cardeais indicavam. Me fechei em mim mesmo. Quando se está no modo onírico, é melhor aceitar tudo sem se fazer perguntas.

Parei de fazer comentários, fosse em voz alta, fosse, acima de tudo, dentro de minha cabeça. Já havia me recomposto, tinha colocado as ideias em ordem. Estávamos em plena lição de fogo. A lição havia começado no início do dia, ou assim que tínhamos penetrado no território sujo. Minhas instrutoras me submetiam a uma prova. Elas não esperavam que eu questionasse as bizarrices a que me expunham. Queriam que eu as integrasse a meu universo interior, tranquilamente, como realidades indiscutíveis.

Entramos em Gömgam. Estruturas de madeira apodrecida, poças betuminosas, casas em ruínas, montes indistintos, montanhas de rejeito onde a vegetação não prosperara, destroços escuros. O céu dava a impressão de ter se ajustado à paisagem. Ele havia mudado de cor. De azul sem nuvens, passara a um cinza esfumaçado.

Contornamos um emaranhado de máquinas reduzidas a um quebra-cabeça carbonizado e, logo atrás, levamos os cavalos em direção a um bairro que parecia habitado. Entre as casas que permaneciam de pé, havia um casebre diante do qual estava sentado, como se nos esperasse, um casal formado por uma mulher ressequida, em andrajos, e um menino. A mulher tinha uma aparência de velha, com um rosto sulcado e escurecido pela sujeira, mas talvez não fosse tão velha assim, talvez estivesse apenas desgastada pela terrível monotonia de sua vida em Gömgam. O menino estava encolhido em uma espécie de jaqueta de *zek* grande demais para ele e coçava constantemente as crostas de seu couro cabeludo recém-raspado. Nenhum dos dois demonstrava surpresa diante dos três estranhos a cavalo que se aproximavam. Eles permaneciam imóveis e esperavam que chegássemos mais perto.

Deixamos nossos cavalos sob seus cuidados. Atrás deles havia o que podia ser entendido como um armazém de mantimentos, talvez com possibilidade de hospedagem, uma espécie de pousada rudimentar. O casebre era, de fato, sinalizado por um letreiro capenga na fachada. A placa declarava: "Muil pátan ivag", que tia Sogon traduziu para mim: O Paraíso dos Viajantes.

Fiquei bastante surpreso com a presença de escrita, de escritos recentes, em caracteres regulares ou quase, num lugar abandonado pela civilização por um tempo incalculável. Os sobreviventes não haviam rompido com o alfabeto, e alguns estavam até mesmo corretamente alfabetizados, ao menos em meu clã, ainda que na família pudéssemos contar com alguns perfeitos analfabetos. As pequenas prosas que circulavam tinham, na maioria das vezes, uma vocação utilitária. Uma obra como *Viver dentro do fogo,* escrita por vovó Rebecca sob o ditado de vovô Iakub, era o exemplo mais marcante disso. Mas o certo é que desde o fim da última guerra as inscrições em prédios tinham se tornado raríssimas. Os caracteres onipresentes haviam sido apagados pela chuva dos séculos da Grande Miséria. Em minha família, era comum ensinar as crianças a ler e a escrever, ainda que não pertencêssemos a uma casta de letrados, supondo que tal casta tivesse se reconstituído depois do fim do mundo. Não tenho uma visão geral da coisa, mas me parece que a transmissão do conhecimento por meio de livros havia diminuído muito nas últimas gerações. A transmissão da história, das lendas, das ideias, era feita oralmente — quando era feita. Nossa cultura era minimalista e precária, composta essencialmente de abismos e aproximações aberrantes. No campo das línguas estrangeiras, nosso conhecimento era lamentável, sem dúvida porque se tratava majoritariamente de línguas mortas cuja razão de ser já não era clara. Em Gömgam, eu sabia decifrar o que estava afixado aqui e ali, caractere por caractere, mas não compreendia nada. A língua me era opaca.

Mas enfim. Estávamos no modo onírico. Eu precisava que alguém me traduzisse tudo.

Tia Sogon me dizia, à medida que passávamos por elas, o que significavam as indicações que pontuavam os edifícios ao longo dos quais avançávamos, agora a pé. Havíamos deixado a pousada paradisíaca para viajantes. Agora nos dirigíamos a um conjunto de galpões que estavam interligados por trilhos em grande parte submersos por espinheiros ou poças. "Puruk nateel", Entrada proibida. "Daal muinas pil", Sala dos contramestres. "Schoorim enmeèg", Reclamações.

Perguntei a tia Sogon em que língua estavam redigidos aqueles anúncios.

— Eu já disse, Sam — respondeu tia Sogon, sem realmente responder à minha pergunta. — Estamos nos movendo no universo onírico. Não se preocupe com isso.

— Tudo vai se tornar cada vez menos familiar — avisou tia Coltrane.

Ela estava puxando o portão deslizante de um galpão.

O rangido das rodas em seu suporte.

Um sopro vindo do interior do galpão, poeira gordurosa de carvão, carcaças enferrujadas, tinta queimada.

Tive tempo de ler a inscrição que estava no painel: "Ichkal sea pil". Me virei para tia Sogon. Nossos olhares se cruzaram. Ela tinha um brilho incomum nos olhos, um tanto selvagem, com um toque de tristeza.

— Coleta de destroços — ela traduziu. — Reciclagem.

O galpão tinha dimensões gigantescas, algo que não se podia suspeitar da rua, e estava pouco iluminado. No denso crepúsculo, podíamos adivinhar pilhas híbridas, misturas de terra e peças metálicas inomináveis. Um violento cheiro de carvão mineral e fuligem grudava nas narinas, na garganta. Tossi. Tia Coltrane parou e me lançou um olhar descontente. Eu não devia tossir. No fogo, não se deve tossir. Eu devia saber.

Depois de cerca de trinta metros, chegamos perto de uma via férrea. De um lado e de outro, os trilhos se perdiam na escuridão. Caminhamos ao longo da via por dois minutos, mergulhando cada vez mais nas sombras. Não seguíamos ao acaso. Algo se adivinhava à nossa frente. Era uma dresina, um carrinho ferroviário, não muito alto, com uma plataforma de madeira bastante ampla, em todo caso larga o bastante para que nós três pudéssemos nos acomodar sem dificuldade. Tia Coltrane foi a primeira a subir. Tia Sogon e eu a seguimos sem demora, e nos posicionamos frente a frente, prontos a pressionar alternadamente a alavanca para baixo para que o carrinho se movesse. Tia Sogon se mantinha na parte da frente do veículo, tia Coltrane e eu estávamos de pé, um ao lado do outro, na parte de trás.

O silêncio ao nosso redor só havia sido rompido pelo som de nossos passos na plataforma e, agora que estávamos prestes a partir, mas imóveis, congelados, à espera, ele era total. Orações são supérfluas antes de um novo capítulo de uma lição prática de fogo, mas, juntos, nós três observamos um momento de meditação. Subitamente, enquanto eu atingia a calma interior, uma voz se fez presente em mim, surgida, me parecia, de uma parte posterior de minha cabeça, talvez de minha primeira vértebra cervical. Um homem ou uma mulher falava comigo diretamente dentro de minha cabeça. Considerando a entonação, devia ser uma ordem e não um aviso ou um conselho. Era muito clara e muito brutal, mas incompreensível. Uma sequência de sílabas que não correspondiam a nada que eu conhecia, uma língua enigmática e assustadora, talvez aparentada às inscrições que figuravam aqui e ali nas ruas de Gömgam. Talvez. Ou talvez não.

Questionei tia Sogon em silêncio.

Nenhum som havia atravessado o espaço entre nós.

— Repita lentamente — pediu tia Sogon.

Ela estava à minha frente, bem visível na penumbra, com as mãos já apoiadas na barra horizontal da imponente alavanca. Tudo acontecia como se ela soubesse que uma voz havia irrompido em algum meandro secreto do meu cérebro.

— Inna pópom, inna napópom — repeti, articulando o melhor que pude.

— O coração bate, o coração não bate — traduziu tia Sogon.

— Tem mais — eu disse.

— Sim, tem mais — confirmou tia Sogon.

— Damgaï napópom — retomei.

— Os pulmões não respiram mais — traduziu tia Coltrane.

Não acrescentei mais nada. A voz dentro de mim se calara. Mais ninguém falava. O silêncio se estendeu entre nós por quinze, vinte segundos. Então tia Sogon acionou a gangorra da dresina, devagar, para que a barra horizontal, do meu lado, não me quebrasse a mandíbula. Recuei meio passo, agarrei a barra e acompanhei seu movimento. A dresina começou a se mover. Os primeiros metros nos obrigaram a fazer força, mas depois as rodas começaram a deslizar sobre os trilhos sem resistir ou ranger. Logo alcançamos uma velocidade de cruzeiro. Ao nosso redor, pilhas de entulho metálico, cones escuros, guaritas de controle com vidros quebrados, montes de carvão, máquinas quebradas, cubas estilhaçadas. Ainda estávamos dentro do galpão. Ficava cada vez mais escuro, até que cruzamos o limite do edifício e entramos em uma zona de trevas.

No modo onírico dentro de uma zona de trevas, pensei.

O treinamento realmente começou, pensei.

— Isso mesmo — confirmou tia Coltrane atrás de mim. — Começou de verdade.

Ela estava lendo meus pensamentos, mas respondia em voz alta. Isso me tranquilizava. Eu tinha a sensação de que assim seria mais bem orientado, que teria menos chances de me perder no estranho.

— Segure-se bem — ela acrescentou.

— Nenhum segundo de distração — ordenou tia Sogon.

O ar havia mudado de textura, agora era composto por uma infinidade de bolhas microscópicas e um gás que, por seu cheiro, devia conter iodo e enxofre, um pouco de nafta também. Um vento betuminoso depositava-se no meu rosto como um leve véu úmido, substituindo o vento do deslocamento, também quase imperceptível. Estava tudo escuro a nosso redor, úmido e morno.

Eu disse que estava tudo escuro e, ao nosso redor, de fato, perto ou longe, nada rompia a escuridão, nenhuma luz, nenhuma chama, nenhuma estrela. Não havia nenhuma fonte de luz. No entanto, éramos visíveis, os três, tia Sogon, tia Coltrane e eu, não estávamos luminescentes por algum fenômeno orgânico, mas era como se fôssemos iluminados por um projetor misterioso, situado alhures, em outro mundo, que conseguia nos fazer surgir das trevas, nos destacar em uma imagem com um fundo uniformemente betuminoso. A plataforma também, ao nosso redor, emergia da intensa escuridão. Era como se o carrinho e nós fôssemos externos ao pretume daquele espaço de total violência escura. Se fôssemos filmados pelo fantasma de algum cineasta de tempos passados, pareceríamos pequenas marionetes flutuantes, se agitando em cima de uma dresina igualmente fantasma, sem qualquer cenário ou luz.

Eu estava refletindo não apenas que nos destacávamos claramente no coração do vazio, mas que não projetávamos nenhuma sombra na plataforma da dresina, e havia começado a me questionar sobre isso quando, de novo, sílabas indecifráveis soaram na base do meu crânio.

Sem ter sido convidado, julguei conveniente repeti-las em voz alta.

— Yeemi napópom — eu disse.

— Os olhos não funcionam mais — traduziu tia Coltrane bem perto de mim.

— Shee mánçod tamtoï, shee mánçod natamtoï — continuei.

— As chamas estalam, as chamas não estalam — traduziu tia Coltrane.

A voz ia de sua boca para meus ouvidos, o que era mais reconfortante do que uma voz nascida dentro da minha cabeça, vinda não se sabe de onde, de um recanto desconhecido do universo ou de minha consciência, mas eu tinha dificuldade em reconhecer essa voz. Ela parecia incomumente rouca e grave.

— Tem mais — eu avisei.

— Repita lentamente — ordenou tia Sogon.

Agora ela também estava com uma voz estranha, uma espécie de murmúrio hostil que ela se obrigava a pronunciar, acrescentando desprezo ou desgosto. Como se eu não passasse de um incômodo difícil de satisfazer, um mala sem alça, incapaz de se virar sozinho. Eu já não reconhecia as entonações musicais que sempre apreciara em sua voz. E, por trás dela, não havia nada do afeto que, havia anos, nos ligava.

— Naoblag toronig, chov mokrun alnaoblag — eu disse.

— O escuro se apaga, não há mais nada — traduziu tia Sogon.

Então ela se dirigiu a tia Coltrane. Uma palavra lhe escapou.

— Mokrun? — ela perguntou.

— Terrivelmente — falou tia Coltrane, hesitante.

Tia Sogon corrigiu sua tradução.

— O escuro se apaga, não há terrivelmente mais nada — ela disse.

O fluxo de palavras estranhas havia secado dentro de minha cabeça. Não brotava mais nada, nem mesmo um suspiro, um suspiro estranho. Encerrei a troca com minhas tradutoras e me concentrei nos movimentos mecânicos dos meus braços, nas meia-flexões monótonas que faziam a dresina avançar. A pressão na barra transversal não exigia muito esforço, apenas uma boa coordenação com o que tia Sogon fazia na minha frente. Nos movíamos em harmonia e de maneira espelhada. Era tia Sogon quem rasgava as trevas, ela era a primeira a receber nas costas, na nuca, o denso sopro de escuridão, pouco ventoso, que, no entanto, levantava seus cabelos e os trazia para a frente de seu rosto. Ela não os arrumava de volta e eu nem sempre via seus olhos. Às vezes procurava seu olhar para analisá-lo, por exemplo para avaliar seu humor, ou para captar informações sobre o que estava acontecendo ou o que aconteceria. Queria me convencer de que ela sabia para onde estávamos indo. Queria perguntar se a viagem ainda demoraria muito ou apenas alguns minutos. Nossos olhares se cruzavam, os meus eram interrogativos, mas eu não lia, nos dela, nenhuma resposta.

Seguimos em frente, um quilômetro, dois, cinco, não sei quantos, sem que nada acontecesse. Mais, talvez. Os mesmos gestos repetitivos. A mesma sensação de deslizamento oleoso sobre a ferrovia, com breves solavancos na junção entre os trilhos, talvez a cada cinquenta metros, muito regulares, quase silenciosos. A mesma escuridão quente, densa como uma névoa, os mesmos cheiros fortes de carvão sulfuroso, iodo e nafta. O mesmo silêncio entre nós. A iluminação paradoxal não mudava: três corpos sobre uma plataforma de madeira, perfeitamente visíveis e sem sombra, e, ao redor, um breu sem nuances.

O tempo passava ou dava a impressão de passar, e eu perdia um pouco a consciência, como se estivesse pegando no sono. Atrás de mim, tia Coltrane me interpelou duramente.

— Não durma, Sam. Dormir é a pior coisa.

Voltei a mim. Eu devia ter cabeceado, e ela havia percebido.

Eu também tinha afrouxado um pouco meus movimentos. Me endireitei, empurrei a barra com mais ânimo. Então olhei nos olhos de tia Sogon, talvez para obter sua aprovação, ou um encorajamento, ou qualquer sinal de simpatia.

De repente percebi que tia Sogon, na minha frente, estava nua. Não era a primeira vez que eu a via assim, obviamente, e essa imagem logo se sobrepôs na minha memória às nossas travessuras na estepe. A nudez de tia Sogon não me chocava, o que me deixava desconfortável eram as circunstâncias. Tia Sogon continuava exercendo o mesmo peso regular sobre o mecanismo, não parecia sofrer ou estar incomodada ou surpresa por ter perdido suas roupas. Sobre um fundo muito escuro, ela se destacava de forma magnífica. A flexibilidade, a musculatura e a beleza simples de uma especialista em artes marciais. Para baixo, para cima, para baixo, para cima, sem adicionar ao exercício qualquer gesto desnecessário. Durante os instantes que se seguiram, agi como se nada tivesse acontecido, como se o espetáculo daquela mulher nua tivesse um caráter normal, como se ela não estivesse se oferecendo a meu olhar, como se não houvesse uma pitada de erotismo ou desejo nesse novo episódio de nossa viagem. Do outro lado do eixo e das barras que iam e vinham, tia Sogon não se dirigia a mim nem por palavras nem por olhares. Seus olhos estavam escondidos atrás de mechas escuras e eu sabia por experiência própria que, mesmo se tentasse interrogá-los, eles não me trariam resposta.

Sem desacelerar meus movimentos, me virei para tia Coltrane, para ouvir sua opinião sobre o que estava acontecendo. Ela estava atrás de mim, a um metro, na beira da plataforma, ligeiramente à minha direita. A seus pés ou sobre ela, nenhum vestígio de roupas. Ela também estava nua. Eu nunca soube sua idade, mas, segundo as lendas que corriam sobre ela na família, era muito vivida. Seu corpo, porém, era o de uma mulher de vinte anos, vinte e cinco anos, de uma perfeição e de uma ternura comoventes, com aréolas de uma cor rara, surpreendentemente azuis, como que pintadas de azul-pervinca.

Tia Coltrane franziu o cenho e me indicou com um movimento de cabeça que não admitia nenhum comentário. E que eu devia me dedicar com ardor ao avanço da dresina sem pensar em mais nada.

Retomei a posição inicial e voltei a pressionar a alavanca de forma ritmada. Eu só olhava para minhas mãos e para a barra que subia em minha direção a cada três segundos. Eu ouvia o mecanismo da plataforma girar sem solavancos, sem rangidos, eu imaginava as engrenagens bem lubrificadas, o virabrequim, as rodas dentadas, as rodas sobre os trilhos. Tentava imaginar como meus esforços de cima para baixo, e os de tia Sogon, resultavam no deslocamento harmonioso da dresina.

Eu estava nisso quando senti que a gangorra de repente resistia, exigindo de mim uma pressão mais forte. Levantei os olhos para tia Sogon. A barra horizontal se movia no vazio. Tia Sogon não estava mais na plataforma. Ela havia deixado seu posto sem que eu percebesse e pulado para a beira da via. Tinha acabado de fazer isso.

Ela corria à nossa frente na escuridão, a cerca de quinze metros, à esquerda dos trilhos. Não se virava para nós. Abria caminho nas nuvens escuras. Seguia na mesma velocidade da dresina e, mesmo acelerando o ritmo de minhas pressões, eu não conseguia alcançá-la, muito menos ultrapassá-la. Durante meio minuto, não pensei em nada, exceto no vão objetivo de chegar até ela. Então percebi um movimento a meu lado, um som de passos, e tia Coltrane, por sua vez, se precipitou para fora da plataforma. Tia Coltrane começou a correr à direita dos trilhos, com algumas passadas rápidas chegou à altura de tia Sogon e depois ajustou seu passo ao dela. Nenhuma das duas parecia sofrer por correr descalça sobre um solo do qual não se distinguia nada. Elas seguiam numa marcha de atletas, numa nudez de deusas. Eram magníficas, se destacavam milagrosamente das trevas que elas rasgavam e que não deixavam filtrar nenhuma imagem, nenhum vestígio de imagem além de seus admiráveis corpos de corredoras admiráveis e incansáveis.

Então a iluminação sobre tia Sogon e tia Coltrane diminuiu. Progressivamente, as duas mulheres se fundiram às trevas. Elas continuavam correndo, sem mudar de ritmo, e não se afastavam dos trilhos, mas, pouco a pouco, desapareceram.

Me deixando sozinho.

Eu estava sozinho e sem instruções. Por um momento, esperei que minhas duas acompanhantes fossem ressurgir do breu e me dar ordens para o próximo passo, mas logo parei de esperar. Compreendi que, a partir daquele momento, teria que me virar sem elas. Era evidente. Era o desenrolar normal da lição.

Continuei fazendo força na gangorra da dresina. Eu seguia rumo à escuridão, estava mergulhado em um universo totalmente escuro. Comecei a lembrar as lições teóricas do fogo, os conselhos breves que me haviam sido ditados inúmeras vezes. Não ficar na beira do fogo, dirigir-se ao coração do fogo e se manter nele. No coração das chamas negras, fazer como se tudo estivesse normal. Esquecer as chamas. Esquecer que o fogo se expressa com chamas. Não negar o fogo, mas negar as chamas. Introduzir-se na eternidade entre duas chamas e se manter nela. Alcançar a escuridão absoluta do fogo e se manter nela. Até consegui me lembrar de uma frase debochada que vovô Iakub havia mandado vovó Rebecca registrar em seu manual básico: "Faça como um soldado que está morrendo, não acredite, dê um jeito de não acreditar".

Eu sentia a escuridão se depositando sobre meu rosto. Colocava todo o meu peso sobre a barra da gangorra sem diminuir meu esforço. Na ausência de tia Sogon do outro lado do mecanismo, eu precisava fazer um pouco mais de força, mas não tanto, na verdade, pois a dresina já estava em movimento e eu só precisava manter sua velocidade constante.

Continuei assim por mais de uma hora. Por prudência e fatalismo, me recusava a avaliar a passagem do tempo e a distância percorrida. Nada acontecia, nada de novo, nenhuma modificação na cor ou na ausência de cor do nada que me cercava, nenhuma luz, nada, apenas o som das rodas passando a cada cinquenta metros pela junção entre dois trilhos. Eu repetia mentalmente, como se fossem fórmulas mágicas, os preceitos que me haviam sido incutidos. Durar não importa o que aconteça, durar para sempre. Fazer o infinito. Fazer a eternidade entre duas chamas.

Então a dresina desacelerou. A mudança de velocidade me projetou contra a alavanca, que de repente ficou parada na altura dos meus ombros e não respondia mais aos meus esforços. O mecanismo abaixo da plataforma parecia travado. Ele estava freando. Pela primeira vez, as rodas e as engrenagens rangeram. A plataforma continuou a deslizar ruidosamente por cerca de quinze metros. Usei todo o peso do meu corpo na barra transversal para destravar o que estava emperrado e recomeçar o movimento. Em vão. Não avançávamos mais.

O percurso sobre os trilhos havia terminado.

Desci. Contornei a dresina como se procurasse a origem do problema, embora não tivesse nenhum conhecimento de mecânica e estivesse escuro demais embaixo da plataforma para enxergar qualquer coisa, que dirá para consertar uma peça danificada. Depois de meu inútil percurso, fiquei parado na frente da dresina e examinei a escuridão. Ela parecia menos espessa do que eu havia temido. Talvez meus olhos tivessem se acostumado à falta de luz, ou a própria natureza das trevas tivesse mudado, não sei. Embora gradualmente, o cenário tomava forma. Ele mudava. À frente da máquina que me trouxera até ali, eu agora distinguia os trilhos. Ao mesmo tempo, porém, eu percebia que eles acabavam. Eles afundavam abruptamente embaixo da terra e sumiam. Mais alguns metros e a dresina em plena corrida teria descarrilado com violência e estrondo. A plataforma teria se espatifado, e eu junto com ela.

Pouco a pouco, como se minhas retinas se acostumassem à falta de luz, a imagem dos arredores imediatos se definiu. A superfície sob meus pés aparecia. Era uma terra muito preta, morta, desprovida de vegetação, que se alternava com faixas de grama. Era onde eu estava e o que cercava a dresina. Depois, mais adiante à minha frente, à medida que a imagem se formava, um outro tipo de solo surgia das trevas. Na continuação dos trilhos agora invisíveis, havia amplas superfícies compostas por lajes de ardósia bem ajustadas, às vezes, ao contrário, separadas por espaços que pareciam repletos de uma fuligem úmida, grumosa. Por toda parte havia poças d'água, algumas enormes, charcos a perder de vista. Fiquei parado diante daquilo tudo, pouco tentado a me aventurar. Nada me obrigava a ter pressa para sair dali.

Deixei as trevas se aclararem ainda mais.

Eu estava de pé, imóvel. Não havia perdido minhas roupas, mas já não tinha sapatos. Sob meus pés descalços, a terra perto dos trilhos estava tão quente que parecia ter sido aquecida horas a fio por um sol de verão.

Finalmente me afastei da dresina. Comecei a caminhar na direção que havia seguido durante horas, a mesma da via férrea. Os trilhos tinham desaparecido embaixo da terra, e eu não tinha um objetivo definível, mas, já que estava ali, melhor seguir em frente. Eu andava com cautela. Me esforçava para não desviar da linha reta que havia estabelecido. Às vezes pisava em argila endurecida, às vezes em lama caramelizada, às vezes em um lodo pegajoso dissimulado pelas poças, e logo cheguei aos lugares em que o chão estava coberto de ardósia. Tudo estava quente. Uma temperatura suportável, mas eu não conseguia determinar sua fonte com certeza. Algum fogo, pensei. Ou um fenômeno geológico. Ou uma sensação provocada pelo fato de que minha pele havia esfriado durante o deslocamento sem que eu tivesse me dado conta.

Pare de especular, ocorreu-me em repentino sobressalto. Recomponha-se. Chega de perguntas sem resposta. Você está dentro do fogo, você ainda está no modo onírico.

O que está tentando descobrir, em vez de avançar tranquilamente? Que perguntas absurdas são essas?

As trevas continuavam, não muito longe, como um muro curvo que fechava o espaço ao meu redor, mas elas haviam recuado. Meu campo de visão se ampliara. Dando uma olhada por cima do ombro, eu ainda via a dresina que havia abandonado. Eu não tinha andado muito, na verdade. E em todas as direções, digamos até uma distância de quarenta ou cinquenta metros, eu via as poças, a lama, a terra, a fuligem grumosa, os trechos de ardósia. Apenas o chão se revelava. Acima dele, nada era visível. Ainda que os pulmões não funcionassem mais, não respirassem mais — "damgaï napópom", eu não tinha esquecido a fórmula mágica —, os cheiros estavam muito presentes: iodo, compostos de carvão, compostos de fósforo, e agora ondas de gasolina, ondas de graxa, de gordura torrada, de roupas sujas queimando. Às vezes elas se intensificavam, dando a impressão de que logo se tornariam irrespiráveis, e às vezes também diminuíam a ponto de se tornarem imperceptíveis. Ondas.

Minhas tias não estavam em parte alguma. Eu procurava suas silhuetas sobre o fundo de trevas que me cercava, onde a abóbada celeste absurdamente escura se encontrava com a terra e se fundia a ela. Eu não tinha desistido de reencontrá-las. Elas tinham sumido de uma maneira que não necessariamente significava um fim trágico. Eu relembrava a última imagem delas que tinha ficado gravada em minha mente. Mulheres nuas esplêndidas, à vontade em seu elemento, onírico ou não, pisoteando no sonho e na escuridão com uma graça incomparável. Correndo na vanguarda do sonho e da escuridão. Eu as vira se dissolverem no nada enquanto mantinham o mesmo ritmo e a mesma desenvoltura. Eu tinha dificuldade em aceitar que esse novo capítulo de minha iniciação ao fogo e a seu universo estranho, que essa nova lição mais uma vez seria acompanhada pelo desaparecimento sem retorno de minhas instrutoras. Isso me deixava consternado. Eu não podia acreditar que estava marcado por uma espécie de maldição que, em primeiro lugar, vitimava aqueles que me ensinavam. Tio Slutov dilacerado por um pássaro monstruoso, tia Coltrane e tia Sogon sugadas para não se sabe que mundo de sombras compactas. Eu não podia aceitar isso.

Sob meus pés, o chão pouco mudava. Eu tinha começado a andar mecanicamente, avançando com o único objetivo de não parar. Não contava meus passos. Escolhia as ardósias para pisar em superfícies duras, em vez de na lama movediça ou na fuligem encharcada. Algumas lajes estavam imersas em uma camada de água estagnada, mas a maioria estava seca. Tudo estava muito quente. Tudo estava escuro e cinza, monótono e muito quente.

Sombra, escuridão, monotonia, calor.

Monotonia, escuridão, sombra, calor.

Um quilômetro depois, me vi dentro de um espaço delimitado por longas e altas cercas. Um espaço que encolheu até se tornar um galpão. Em vez de uma abóbada tenebrosa, agora eu tinha acima da cabeça um teto formado por vigas de ferro que sustentavam placas onduladas de fibrocimento. O lugar tinha proporções gigantescas, mas, à medida que eu avançava, a altura e a largura diminuíam ao meu redor. Em certo momento, avistei ao longe um retângulo escuro que devia ser uma porta de saída. Tomei-o como referência em meu deslocamento e comecei a andar mais rápido.

O som dos meus passos ecoava de leve.

Não havia nada de inquietante no ambiente, apenas vazio, paredes, um chão de ardósia com poças aqui e ali e penumbra. Eu caminhava para a saída. Não sabia se ao atravessar aquela porta escura eu cairia ou não em um novo universo onírico, mas tinha esperança de que o fim da lição estivesse próximo.

Depois de uma centena de passos, precisei me render às evidências: eu caminhava, avançava sem encontrar obstáculos, mas a distância entre mim e a saída não mudava.

Enquanto me perguntava se devia reagir, se precisava mudar de direção ou de ritmo, ir mais rápido ou mais devagar, se o melhor a fazer seria esquecer a porta escura, um violento chapinhar à minha direita me alarmou, e congelei abruptamente. Alguma coisa acabava de sair de uma poça para se instalar bem na minha frente e bloquear meu caminho. Digo que essa coisa se instalava na minha frente porque seu movimento era absolutamente intencional: a brusca saída da água onde ela permanecera escondida à minha espera, o deslizamento rápido de laje em laje, a imobilidade alerta. Ao mesmo tempo, o aspecto dessa coisa não tinha nada de animal: um cinto enrolado, vermelho-brilhante, grená, flamejante, úmido, formado por estruturas ovoides ligadas entre si por um tecido espesso, um couro escuro alaranjado. Desdobrado, devia ter um metro e meio, dois metros, talvez mais. Era a primeira mancha de cor que eu via naquele universo escuro e cinzento. Uma espiral fechada, subitamente inerte. Um objeto que não se parecia com nada, que não me evocava nada, mas que me obrigara a parar e que, mesmo daquele jeito, passivo, inerte, me parecia ameaçador. Um cinto de ovos vermelhos. Uma serpente improvável. Um objeto de pesadelo.

Um objeto extraterrestre, pensei.

Eu não sabia se devia passar por cima dele, contorná-lo, me preparar para que ele se aproximasse de mim, pulasse em meu rosto ou explodisse, porque, sob certo ângulo, podia parecer um dispositivo militar, por exemplo uma mina terrestre semiviva.

Foi então que recebi uma ordem. Diretamente acima do palato, na superfície mole do meu cérebro.

"Onokai bee vov!"

A voz era entrecortada, cheia de roncos bizarros, grave, mas era de tia Sogon, horrivelmente deformada, como que abafada por uma tela oleosa. Tia Sogon me gritava algo indecifrável.

"Onokai bee vov!", ela repetiu. "Todár natodár, madjaeen! Onakai bee vov!"

Houve uma pausa minúscula, então a tradução se fez ouvir, pronunciada por tia Coltrane, uma voz rouca que parecia perfurar meu crânio por dentro.

Urine em cima! Isso não é um objeto, é uma criatura! Urine em cima!

Ok, pensei por um nanossegundo.

No coração das chamas negras, no coração do fogo, no modo onírico, agir como se tudo fosse normal, pensei.

Abri a braguilha e lancei um jato potente, muito amarelo e acre na direção da criatura, fosse ela extraterrestre, onírica ou não. Ela se assustou e, sem se abrir nem emitir um único som, disparou a toda velocidade sobre a superfície de poças e ardósias, deixando atrás de si um rastro cintilante de gotas a princípio muito pretas ou prateadas, depois muito vermelhas, então ela chegou ao limite entre a penumbra e as trevas e foi violentamente engolida pela escuridão.

Retomei minha caminhada. A porta de ferro havia parado de se afastar a cada passo. Eu levava um cheiro de mijo comigo, como se, em vez de mirar na criatura, tivesse molhado completamente minhas próprias calças.

Nem tia Sogon nem tia Coltrane falavam dentro de mim. Elas tinham feito uma reaparição muito breve e eu não tinha tido tempo de responder, de desenvolver com elas o contato que gostaria de restabelecer. Era uma intervenção de emergência ao fim de minha viagem, para me ajudar a escapar de não sei o quê, daquela bizarrice avermelhada que poderia me ter sido fatal, e só. Uma última correção indispensável a meu percurso, que poderia ter terminado mal, a prova de que a vigilância das duas continuava, até o fim.

Chegando à porta, refreei meu impulso quase imediato de olhar para trás. Eu tinha a impressão de que a lição havia terminado. Afastei a folha e passei pelo batente.

Eu estava do lado de fora, em um pequeno pátio de chão batido. O sol estava baixo no céu, mas ainda brilhante o suficiente para me ofuscar. Era o anoitecer do mesmo dia de nossa chegada a Gömgam, ou o dia seguinte, ou uma semana depois. Pisquei os olhos, saí do pátio. Ele desembocava na rua empoeirada. O ar cheirava a carvão, sílex, madeira queimada. Cinquenta metros adiante, a velha esfarrapada e seu neto de cabeça raspada estavam sentados à sombra, sob a placa "Muil pátan vag", O Paraíso dos Viajantes.

Caminhei até onde estavam e, primeiro, me sentei ao lado deles, no mesmo banco. Eu não estava exausto, mas sentia vontade de me sentar ao ar livre, de encostar tranquilamente as costas contra uma parede, na companhia de criaturas que não viviam no pesadelo do fogo nem dentro de suas bizarrices sem chamas.

A velha disse alguma coisa e o garoto foi procurar algo no casebre logo atrás de nós e me trouxe uma jarra d'água. O líquido tinha gosto de ferrugem.

Nem a velha nem o garoto me faziam perguntas, e eu não sabia que tipo de conversa poderíamos ter. Então ficamos assim, lado a lado, em silêncio, enquanto o dia se extinguia.

Nossos três cavalos estavam amarrados não muito longe. Pareciam ter sido bem tratados. Fui acariciar o focinho dos animais e lhes sussurrar coisas gentis. Eles não demonstravam nenhum sinal de nervosismo. Voltei a me sentar.

Embora não tivesse muita esperança quanto a isso, esperava que tia Sogon e tia Coltrane reaparecessem.

A noite caiu. A velha me ofereceu um prato de sopa e uma esteira. Como o ar estava ameno e os odores dentro da pousada eram fortes e sufocantes, estendi meu leito diretamente na rua, bem na frente da porta do Paraíso dos Viajantes. Um sono sem sonhos me envolveu desde o primeiro minuto.

Então o dia clareou e, como as duas mulheres não davam sinal de vida, me despedi da velha, alimentei os cavalos e, sem pressa, tomamos o caminho de volta.

INSTRUÇÕES BÁSICAS AVULSAS

120

NÃO FIQUE NA BORDA DO FOGO, DIRIJA-SE AO CORAÇÃO DO FOGO E NÃO SE MEXA MAIS. NO CORAÇÃO DAS CHAMAS NEGRAS, AJA COMO SE TUDO FOSSE NORMAL. ESQUEÇA AS CHAMAS. ESQUEÇA QUE O FOGO SE EXPRESSA COM CHAMAS.

Negar o fogo é uma tolice. Contente-se em negar as chamas.

Introduza-se na eternidade entre duas chamas. Mantenha-se lá dentro sem temer o futuro.

Alcance a escuridão absoluta do fogo, é lá que você deve se manter.

Alcance o vazio paradoxal do fogo, é lá que você deve se manter.

Recuse a ideia de que a queimadura existe. Se a queimadura ocorrer, exista mil anos dentro dela. Mil anos ou mais. Exista para sempre sem temer o que vem.

Faça com que a coroa de fogo e a coroa de nada coincidam.

Mantenha seu equilíbrio na névoa negra da queda.

Não ofereça nenhum controle mental ao fogo.

Anule o fogo sendo você mesmo o fogo.

Dentro do fogo, veja apenas os bons aspectos da vida.

Imagine mulheres em vez de chamas.

"Shohar bam-pópom, shohar nabam-napópom", o incêndio reina, o incêndio não reina.

A morte não existe enquanto você a recusar.

As trevas e o fogo são equivalentes.

O consolo das mulheres traz a chave final.

Invente a família do fogo e ame-a até o fim. Mantenha-se fiel ao clã do fogo, aconteça o que acontecer.

Não se inflame, mesmo quando o presente se esgota. O presente nunca se esgota. Nunca se inflame, nunca se esgote.

O cheiro de gasolina não é o cheiro da morte. A morte não tem cheiro. Respire profundamente o cheiro de gasolina que ainda não é o cheiro da morte.

Vista seu manto de fogo como se nada fosse.

AS FILHAS DE TIA ZAM

124

O CANAL MARCAVA, A LESTE, O FIM DA CIDADE. ELE SE ALARGAVA ATÉ FORMAR UM LAGO, MAS CONTINUÁVAMOS A NOS REFERIR A ESSE CORPO D'ÁGUA COMO SE ELE AINDA FOSSE O CANAL, UM PROLONGAMENTO QUE NÃO PRECISAVA RECEBER OUTRO NOME.

Esse lago tinha uma forma longilínea, com duas margens distintas: uma que constituía o limite leste da aglomeração, e a outra, em frente, ocupada pelos vestígios espalhados de um antigo deserto industrial. Depois disso vinha o desconhecido, as primeiras ondulações da estepe, extensões de urzes e gramíneas de cores cambiantes, avermelhadas, azuladas ou douradas conforme as estações. Era preciso uma pequena embarcação para atravessar de uma margem a outra, mas naquela época um rumor insistente sobre a periculosidade e a toxicidade das águas dissuadia todos que quisessem atravessar. As embarcações datadas da guerra haviam apodrecido, se desmantelado, e repousavam sob o lodo. De todo modo, não éramos uma população de navegadores. Nossas vastas extensões sempre tinham sido terrestres, nossas viagens eram feitas a cavalo. Remar, manejar o leme ou içar as velas não fazia parte da nossa cultura. Faço essa digressão para explicar que raros eram os que desejavam chegar ao outro lado do lago.

Mas enfim. Ainda era possível cruzar essa fronteira aquática fazendo um longo desvio. As pontes sobre o canal haviam sido destruídas ao longo de uma boa dezena de quilômetros. Era preciso deixar a cidade, afastar-se das últimas moradias e atravessar uma passarela metálica que fora construída pelos sobreviventes um século antes e que, apesar de seu aspecto precário, era suficientemente sólida para suportar um cavaleiro e sua montaria. Uma vez atravessadas as desalinhadas placas de aço, pisava-se nos primeiros metros das Terras Peladas, uma vasta região de planaltos e vales desabitados que se prolongava praticamente ao infinito, até uma barreira montanhosa que nos separava de lugar nenhum.

Eu raramente me aventurava pelas Terras Peladas. Ficava perto do canal, seguindo-o enquanto me afastava da cidade. Eu tinha uma visita a fazer, à casa de vovó Brahadj. À minha esquerda, a água estagnada exalava naquele ponto odores de carpas semivivas e de siluros mortos. Nada nunca se movia na superfície, exceto algumas bolhas que se inflavam lentamente antes de dispersar gases. Era um caminho desagradável, depois eu desviava para o norte, deixando para trás a fita nauseabunda do canal. Vovó Brahadj, no verão, se mudava em busca de frescor para uma iurta localizada em um vale, onde ficava sozinha durante meses, vivendo de maneira autossuficiente, cultivando suas ervas e legumes e fabricando para si queijos e *kumis*. Ela dispunha de uma vaca que a família lhe emprestava e levava até ela nessa estação. Eu não tinha uma relação contínua com vovó Brahadj, mas no verão, quando ela estava lá, costumavam me encarregar de lhe levar mantimentos ou utensílios, e, de cada lado das minhas pernas, eu carregava alforjes cheios de chá, sal, panos, pós variados, sabão, sementes, fósforos, óleo e sei lá mais o quê. Eu cumpria de bom grado minha missão, que me dava a oportunidade de cavalgar por uma margem das Terras Peladas. Sentia apenas um afeto cortês por essa mulher zangada com praticamente todo mundo, mas que o clã não queria deixar para trás apesar de seu caráter difícil. Ríspida demais, feroz demais, ela aceitava a ajuda que lhe era oferecida, mas tinha dificuldade em demonstrar gratidão, ou mesmo de dizer um simples obrigada. Eu não permanecia muito tempo sob a iurta depois de me desfazer do conteúdo dos meus alforjes. A conversa com ela não era variada e frequentemente girava em torno de considerações sobre o tempo, sobre mortos cujos nomes não me diziam quase nada, sobre a vaca que dava pouco leite. Ela também gostava de falar mal de certos membros da família e inventava crimes a serem imputados a tia Coltrane, a vovó Rebecca e a muitos outros. Eu ficava extremamente constrangido ao ouvir aquele jorro de maldades e horrores, especialmente quando a maledicência dizia respeito aos parentes que tinham enchido os alforjes de provisões úteis e me enviado à casa dela, do outro lado do canal. Não sei por que um de seus alvos era tia Zam, que, no entanto, sempre adicionava um pequeno doce aos mantimentos úteis, uma caixa de frutas cristalizadas, um pote de geleia de mirtilo, um saquinho de ginseng em pó. Quando eu falava com tia Zam sobre a animosidade da qual ela era vítima, ela me explicava que o único filho da velha senhora a havia cortejado certa vez, e que eles quase tinham noivado, mas que depois o jovem fora procurar trabalho na capital e morrera em uma briga. Vovó Brahadj havia perdido a cabeça, e, quando tia Zam se casara com tio Zam, ela a odiara com todas as forças. Irracionalmente, não a perdoava pela trágica perda do filho. "É uma velha louca", resumia tia Zam. "A desgraça a tornou amarga."

Depois de deixar vovó Brahadj, eu voltava para a passarela e, embora pudesse seguir adiante pela margem do canal, eu o atravessava e voltava para casa. Eu não continuava minha cavalgada pelas Terras Peladas. Prometia a mim mesmo que um dia faria isso, tinha vontade de alcançar a área coberta de vestígios industriais e contemplar a cidade, bem em frente, sob um novo ângulo. Mas, sabe-se lá por quê, eu sempre tinha uma boa razão para adiar a expedição.

Tia Zam e eu costumávamos passear bastante perto do canal, pois sua casa era bem próxima. E, claro, olhávamos para o outro lado, para as Terras Peladas. Lá, antes do início da estepe, os terrenos baldios eram ocupados por edifícios que outrora abrigavam oficinas militares e fundições, mais tarde abandonados aos estragos do tempo. A maioria ainda resistia. Levaria mil anos para que a estepe se limpasse de sua presença.

Se tivéssemos boa visibilidade, poderíamos também avistar a iurta onde viviam minhas primas Silsie e Madonna, filhas de tia Zam. Quinze anos antes, tia Zam se separara do marido, tio Zam, e lhe deixara a guarda das filhas. Eu nunca soube detalhes da origem e das circunstâncias do divórcio. O que eu sabia é que eles tinham renegado um ao outro. Minhas primas idolatravam o pai e execravam abertamente a mãe. As relações entre eles estavam rompidas. Tia Zam nunca cruzava o canal para visitá-los, nem para saber notícias das filhas que, agora, eram jovens adultas. Ela estava convencida de que não seria recebida de maneira adequada. De que não a deixariam nem entrar na iurta e, em sinal de boas-vindas, receberia maldições e insultos, talvez até ameaças físicas.

Caminhar ao longo do canal era perigoso. Durante meses, tudo ficava tranquilo, mas, assim que os riscos eram esquecidos, um atirador escondido na outra margem, sabe-se lá onde, num dos antigos edifícios industriais, acertava alguém. Na maioria das vezes, era um ciclista que caía. Atirar em um passante não exige grandes habilidades, é como acertar um alvo estático. É fácil demais. Atingir um ciclista na orelha ou bem na têmpora é outra história. O atirador queria demonstrar excelência. Ele disparava uma única vez, uma única bala, e se volatilizava. O medo logo se espalhava pelas margens, especialmente no local onde a vítima havia sido abatida, ora em frente às grades da antiga escola profissional, ora perto do "local de recrutamento", um escritório de janelas lacradas onde ninguém nunca entrava ou saía, ora na soleira do brechó comunitário. Depois de cada morte, a guarda nacional fincava uma placa no chão, com fitas vermelhas interditando o acesso entre o parapeito acima das águas do canal e o local onde o cadáver e sua bicicleta tinham permanecido ao sol por várias horas, antes que boas almas se encarregassem de espantar os pássaros que bicavam o corpo e de levá-lo a seus parentes.

Depois de cada morte, as margens do canal ficavam desertas. Por semanas. Em seguida as precauções pareciam exageradas e inúteis, e os passantes voltavam a ir e vir ao longo das águas escuras, apoiados no parapeito para observar as amplas manchas de ovos de rã ou de insetos que, aqui e ali, sobre o verde pardacento que dava toda a impressão de ser tóxico, formavam testemunhos de uma vida tenaz. E, pouco a pouco, os ciclistas retomavam seus hábitos. Eles voltavam a se aventurar nos pontos onde seus semelhantes tinham sido abatidos. E talvez, nos primeiros dias, eles pedalassem mais freneticamente nos lugares sinalizados pela guarda nacional, mas, ao fim de uma semana, já eram vistos em velocidade de passeio, desprezando a morte sem fazer alarde, sem se dar conta.

Investigadores iam à outra margem, examinavam os galpões e as oficinas desertos, não encontravam nada e, nem um pouco constrangidos de voltar de mãos vazias, davam o inquérito por encerrado. Embora fosse uma das únicas pessoas domiciliadas na área de origem dos disparos, tio Zam não era investigado como possível atirador. Ele não era dono de um rifle de precisão, não tinha o perfil de um assassino psicótico e, acima de tudo, durante um período de sua vida, havia colaborado com a guarda nacional, o que o deixava acima de qualquer suspeita. Os investigadores o interrogavam, recebiam seu depoimento, no qual ele afirmava não ter visto nada, não ter observado nada de suspeito, tomavam o chá que ele lhes oferecia e, depois de alguns tapinhas nas costas, o deixavam em paz.

— Se bobear, foi aquela Madonna cretina — especulava tia Zam quando a questão do atirador voltava à tona. — Desde bem pequena ela tem uma habilidade demoníaca. E é perversa e malvada, ainda por cima.

— E o rifle? — objetei. — Um rifle de alta precisão. Fora de circulação há um século, segundo tia Mahshid. Nem os militares têm acesso a um desses.

Tia Zam não levava em conta minha objeção.

— Aquela bruxa maldita e escrota — continuava ela. — Que me importa essa história de rifle? Ela não precisa de uma arma para acertar um alvo. Sua maldade basta.

— Então ela poderia atirar na gente — observei.

Tínhamos parado no cais, estávamos apoiados no parapeito de cimento, olhando para os reflexos das nuvens sobre o lago ao longe, as bolhas que se formavam no meio do verde escuro, os tufos de junco ao pé de uma estreita escada que levava às águas estagnadas.

— Isso, não — me tranquilizava tia Zam. — Ela não tinha nem dois dias e eu já tinha adivinhado que se tornaria uma pequena vadia, mais do que perigosa. Agi na hora. Eu sabia o que fazer. Sua vovó Wolfong tinha me ensinado. Foi ela que me treinou. Inseri um feitiço na cabeça daquela pequena Madonna de merda.

— Um feitiço?

— Sim, para que ela nunca pudesse me matar.

— E eu? — perguntei.

Tia Zam ergueu as sobrancelhas.

— Você o quê?

— E eu, ela poderia me matar?

Tia Zam estendeu o braço, tocou gentilmente em minha mão.

— Mas por que ela faria isso, Sam? — ela perguntou.

Eu não soube o que responder. Eu só conhecia minha prima pelos terríveis julgamentos que sua mãe fazia a seu respeito e tinha vontade de acreditar que ela não era um monstro malvado, mas, ao mesmo tempo, ela me dava um pouco e medo. Ela podia me matar, ela podia não me matar. À distância, por pura perversidade, com ou sem rifle. Eu não tinha a menor ideia do que lhe passaria pela cabeça quando me tivesse na linha de mira.

Tia Zam metia o pau nas filhas e no ex-marido, mas isso não a impedia de continuar pensando nos três. Ela não se desvinculava deles. Quando passeávamos à beira do canal e, para além da zona industrial, avistávamos a quase invisível iurta no meio da pradaria, eu percebia que sua atitude mudava. Notava em sua voz uma agitação e uma tensão que mostravam que ela não era indiferente aos ocupantes da iurta. Ela não dizia isso claramente, mas imagino que gostaria de saber como se desenrolava a vida por lá, naquele canto agreste onde começavam as Terras Peladas. E também ter certeza de que suas filhas ainda guardavam alguma lembrança dela, apesar da hostilidade mútua, apesar da ausência de contato. Não necessariamente um pouco de afeto, que ela mesma não sentia, mas, ao menos, alguma espécie de lembrança.

Enquanto estávamos debruçados sobre a água imóvel, mais uma vez, os olhos perdidos no espetáculo da outra margem, ela me pediu que fosse até lá em missão e voltasse para lhe fazer um relatório. Ela sugeria que eu me apresentasse como um primo que estava fazendo visitas a toda a família e queria estabelecer laços com os Zam. Era plausível.

A ideia não me agradava loucamente, mas, como eu adivinhava que a partir daquele instante ela não pararia de me assediar, aceitei.

A passarela que permitia atravessar o canal não havia desmoronado desde minha última visita e, em vez de seguir pela esquerda para o vale onde vovó Brahadj ainda morava, orientei meu cavalo para a direita, a fim de chegar à antiga zona industrial. Eu havia pegado um cavalo de tia Zam emprestado e ela, fingindo que eu precisava causar boa impressão, insistira que eu usasse arreios vistosos, com medalhões prateados nas rédeas. Eu realmente tinha a impressão de estar a caminho de uma visita formal, ou de ser um pretendente indo à casa dos futuros sogros, e me mantinha ainda mais ereto na sela. Céu de um azul sublime, vegetação ondulante, de um verde comovente, que às vezes tendia ao cinza colorido, campos de urzes prestes a florescer, rosas, perfumes de joana-amarga, de trevo mutante, de afragane, de oviosse, mais uma vez eu me perguntava por que chamavam de Terras Peladas uma estepe tão bonita. Talvez o nome tivesse sido dado séculos antes, quando a natureza sofria muito mais com a presença humana, com seus venenos, suas devastações, e não tinha como hoje a oportunidade de florescer.

Tio Zam me recebeu na frente de sua iurta com uma alegria sincera. Era um homem de estatura imponente, com uma cabeça curtida e bronzeada pelo sol e pelo vento. Um par de olhos muito escuros, penetrantes, amendoados, um crânio raspado perfeitamente bronzeado, bigodes caídos e, na nuca, um tufo farto, brilhante, e insolentemente preto. Envolto em uma peliça que lhe descia até os tornozelos, ele dava a impressão de fazer todo o possível para que sua aparência evocasse a de um urso sobre as patas traseiras: a mesma potência, a mesma inquietante leveza de movimentos, a mesma ameaça patente.

Tomando cuidado para não me sufocar, ele me apertou contra o peito.

— O famoso Sam! — ele exclamou, logo depois do gesto efusivo. — Aquele que elas estão preparando para viver dentro do fogo!

Assenti secamente. Fiquei um pouco constrangido que ele me definisse assim, pois eu sempre pensara que o treinamento especial que seguia só era conhecido por um círculo muito pequeno de avós e tias e sempre evitara me gabar ou tomar a iniciativa de falar sobre ele. E agora aquele tio Zam praticamente desconhecido insinuava que, na família, e mesmo num ramo da família que se mantinha afastado, meu destino não era nenhum mistério.

Olhei para tio Zam sem fugir de seus olhos inquisidores, com uma boa vontade educada, porque ele não me assustava. Sorri sem dizer nada. Eu não tinha a menor vontade de entrar no assunto da vida dentro do fogo, de meus conhecimentos teóricos, de meus estágios práticos. Embora não tivessem me feito jurar segredo, parecia-me que minhas instrutoras não gostariam que eu falasse sobre isso com um homem disfarçado de urso.

Ficamos uns dez segundos um diante do outro, nos encarando com benevolência de um lado, tranquila curiosidade do outro.

— Espere um pouco antes de entrar — disse tio Zam. — Suas primas o viram atravessando o campo de urzes. Elas estão se embelezando para recebê-lo.

Esperamos fumando, de costas para a iurta, observando ao longe o canal que se transformava em lago e, além dele, a cidade que eu havia deixado duas horas antes. Era uma vista nova para mim. Daquela outra margem, as casas pareciam baixas e sujas, uma linha irregular, globalmente muito feia. Eu não reconhecia quase nada.

Tio Zam jogou a ponta do cigarro no chão e me deu um tapinha no ombro.

— Vamos — ele disse.

Ele abriu a porta da iurta e se afastou para me deixar entrar.

Madonna e Silsie vestiam roupas de festa. Estavam deslumbrantes. Vestidos bordados, punhos de pele de lebre branca, colarinhos enfeitados com pérolas, bainhas largas de couro decoradas com motivos mongóis. Enfeites, cascatas de colares azuis caindo sobre o peito, toucados altos e cravejados de pedras, sapatos de feltro bordado. Um dia tia Zam, cheia de reticências, me mostrara em sua casa fotos das filhas quando pequenas, sorridentes, brincando em um pátio ensolarado. Eu tivera apenas dois segundos para examinar a imagem. Já na época tinham rostos bonitos. Mas ali, dentro da iurta, duas beldades me recebiam lado a lado, tão parecidas que era de se perguntar se não eram gêmeas.

Não escondi meu espanto e elas caíram na gargalhada. Começaram a zombar de mim para me deixar à vontade. Falavam comigo como se eu fosse um velho conhecido, um garoto que não estava ali pela primeira vez e que elas podiam provocar sem medo. Às vezes, adotavam um tom de adultas se dirigindo a um jovem inocente, o que nos divertia, porque, no fundo, por um século ou dois de diferença, tínhamos a mesma idade.

Nos sentamos e bebemos chá cremoso, espumoso e salgado, e muito quente. Não é fácil de explicar, mas nós quatro ronronávamos de prazer, como se fôssemos cúmplices afetuosos desde sempre, membros muito próximos do clã, em harmonia, felizes de nos reencontrarmos após uma longa separação. Falávamos sobre tudo e sobre nada, sobre cavalos, sobre estradas esburacadas que levavam à capital, sobre marmotas, águias, abutres, sobre o desenrolar dos funerais celestiais, sobre as hordas de bandidos que, em algumas noites, paravam perto da iurta e compartilhavam uma parte de seu saque com tio Zam e alguns policiais. Não abordávamos o tema da família, ou muito tangencialmente. Tio Zam estava a par de tudo o que acontecia, mas afirmava não se sentir envolvido. Suas filhas zombavam de tias e anciãs distantes das quais eu nunca tinha ouvido falar, descrevendo-as como vagabundas que perderam o juízo ou que foram atingidas por doenças repugnantes, tanto físicas quanto mentais. Para o pai e as filhas, a família era um bando de pessoas nada recomendáveis. Nem mesmo vovó Rebecca, cujo nome aparecia de tempos em tempos, tinha crédito a seus olhos. Elas a consideravam uma mulher perigosa, extremamente traiçoeira, que obrigara o marido a viver dentro do fogo, enquanto ele teria preferido morrer de morte natural. Eu não a defendia e, aliás, não era convidado a fazê-lo. Nem Madonna nem Silsie tentavam me colocar em apuros a respeito disso. Tia Zam, por sua vez, nunca tinha seu nome mencionado na iurta. Todos os presentes, eu inclusive, agiam como se ela nunca tivesse existido.

Fiquei duas semanas com os Zam. Durante o dia, saíamos em expedições para lugares interessantes e pouco conhecidos, nas profundezas das Terras Peladas. Uma cratera de lama cinza, eternamente úmida. Um rosário de lagos minúsculos, com água maravilhosamente verde-esmeralda. Um vale onde apareciam estruturas piramidais construídas não se sabe quando, por não se sabe quem e com não se sabe qual finalidade. Campos de aveia-brava que, mesmo na ausência de vento, ondulavam como o mar. Um templo em ruínas, isolado, a um dia de cavalo, cuja entrada era defendida por um monge mumificado. Estátuas de pedra com cabeças de animais, com corpos que lembravam um corpo humano. Um cemitério de caminhões blindados e tanques, transformado em um acavalamento escuro onde nenhum veículo era discernível. As Terras Peladas tinham muitas curiosidades desse tipo, que minhas primas e tio Zam faziam questão de me mostrar, ansiosos por minhas reações, não sem me darem a impressão de que, embora me permitissem visitá-las e admirá-las, eles eram seus únicos senhores e proprietários sob o céu imenso.

À noite, depois de nos deliciarmos com carneiro gorduroso e alguns doces, íamos dormir. Eu me enfiava embaixo da coberta de Madonna enquanto tio Zam ia se divertir com Silsie, ou vice-versa. Não copulávamos como bárbaros, amávamo-nos à moda antiga, como nos contos de fadas, como nas histórias e canções.

Quando o tempo estava úmido demais para cavalgarmos por horas na pradaria, deixávamos de lado os planos de exploração que havíamos discutido na véspera. Minhas primas então me levavam a um dos antigos edifícios vizinhos, um imenso galpão de reparação de máquinas de construção, cuja última atividade devia datar de duzentos ou trezentos anos atrás. O guindaste e as máquinas quebradas haviam aguardado seus técnicos por décadas a fio, sem impaciência, mas depois tinham começado a desmoronar e a se degradar. Os pneus não haviam resistido por muito tempo, mas até as peças aparentemente sólidas tinham acabado sucumbindo aos estragos do tempo — as cabines, os braços articulados, os tratores, os motores. Podíamos escalá-los, mas muitas vezes o que tomávamos por um apoio seguro se desintegrava sob nossos pés, soltava uma chuva de ferrugem e se despedaçava ruidosamente dez metros abaixo.

Passávamos um tempo assustando uns aos outros, correndo riscos ao escalar os destroços. Na verdade, minhas primas me levavam para as abóbadas daquele templo de uma civilização doente, em fase terminal e depois extinta, não para me fazer participar de competições de alpinismo em ambientes fechados. Mas para que eu visitasse seu esconderijo secreto.

Havia, de fato, um mezanino metálico que corria ao longo das paredes expostas a oeste. Estava intacto, ainda que a escada que deveria conduzir até ele não fosse utilizável em sua primeira metade. Para acessar esse andar superior, era preciso subir ao topo de uma máquina de elevação e, depois de um pulo no vazio, alcançar a parte da escada que ainda tinha degraus em bom estado. Depois de realizar essa série de acrobacias, finalmente chegávamos a um lugar estável de onde dominávamos o galpão e sua confusão de mecanismos mortos, pretos, amarelo-ocre, marrom-brilhantes e enferrujados. Mas o objetivo de Madonna e Silsie não era me deixar contemplar tranquilamente aqueles escombros caóticos do passado. Elas me arrastavam sem demora a um antigo posto de vigilância, destinado talvez a abrigar contramestres ou engenheiros quando o guindaste estava em funcionamento. Era uma sala de pequenas dimensões, com janelas feias impregnadas de uma poeira que parecia ter penetrado no vidro. Podia-se imaginar que, em um dia distante, homens severos haviam trabalhado ali, cercados de gráficos pregados nas paredes, a cabeça cheia de questões de produtividade, orçamento, peças de reposição e autoridade.

Minhas primas tinham transformado aquele lugar então inacessível em um refúgio aconchegante. Elas o haviam limpado, provido de almofadas e mantimentos, era possível ficar atirado ali por dias inteiros, beliscando e sonhando acordado, ou contando histórias. Também era possível considerar que se tratava de uma câmara secreta para espionar o mundo exterior.

No meio da parede externa, à esquerda da janela acinzentada, havia uma grande fissura que elas haviam ampliado até obter uma abertura que tinha todas as características de uma seteira. A palavra era adequada, pois não nos contentávamos em observar a paisagem através daquela larga fenda. Tínhamos uma mira telescópica, militar, que permitia uma ampliação de várias centenas de metros. Era possível ver a cidade do outro lado do lago, acompanhar em detalhe tudo o que acontecia no cais do canal... Observar o calçadão e seus passantes, seus pedestres, seus ciclistas.

A mira estava fixada a um rifle. Minhas primas tinham feito uma descoberta arqueológica. Elas haviam encontrado em algum lugar das Terras Peladas um rifle estupendo, com uma centena de balas. Todo esse material estava limpo, em perfeito estado, e, como Silsie havia descolado, no mesmo esconderijo misterioso, um manual de instruções para soldados de infantaria, as duas irmãs tinham se dedicado a cuidar da arma. Ela era bem conservada, lubrificada, regularmente revisada com cuidados de ourives.

Contávamos histórias de ataques, de inimigos e de defesas heroicas. Mas, acima de tudo, enfiávamos o rifle na seteira e examinávamos a imagem que aparecia no visor, de uma nitidez extraordinária quando a imobilizávamos em uma pessoa, em um rosto, em um homem ou uma mulher que perambulava inocentemente na outra margem. Nos revezávamos para segurar a arma, com todas as precauções, por longos segundos de apneia, com a lentidão de atiradores que fixavam um alvo. Excitados, às vezes soltávamos uma exclamação ou uma risada, mas, quando um dos três parecia realmente ter alguém no visor e desacelerava a respiração para estabilizar a mira, os outros dois ficavam tensos, pressentindo a iminência de um tiro de verdade.

Eu reencontrava imagens familiares, me concentrava, reconhecia as casas decrépitas à beira do cais, a escada que levava a um tufo de juncos, o portão da escola profissional, o centro de recrutamento, a leiteria abandonada, o jardim ao lado do brechó comunitário. E, um pouco adiante, os telhados cinzentos, edifícios de uma tristeza infinita, os restos de um templo incendiado, a abertura de uma rua cujo nome eu ignorava. Depois eu me fixava nos passantes, em homens ou mulheres com quem talvez já tivesse cruzado durante minhas caminhadas com tia Zam. Centrava o visor em seus rostos e não os perdia de vista. Eu os seguia pela centena de metros que percorriam antes de desaparecer, sentia uma comichão nos dedos e na alma, despertada por instintos assassinos e de caça, depois mudava de alvo. Eu tinha sido iniciado no tiro instintivo por tia Mahshid, e ela também me treinara em tiro deitado, mas nunca me colocara nas mãos uma arma de excelência, dotada de um visor tão eficaz. Confesso que ficava inebriado de saber que poderia acertar uma mosca a oitocentos metros de distância e talvez, atrás dessa mosca pousada em um pescoço ou uma testa, explodir o envoltório de uma vida e, por trás dela, um pensamento, um passado, esperanças de futuro.

Eu segurava uma arma na qual nenhum cartucho havia sido inserido. Portanto, podia fantasiar à vontade, sem me colocar a questão de pressionar ou não o gatilho e ter um morto ou uma morta na consciência.

Minhas primas deixavam eu me acostumar à arma, à mira, à vista ampliada que aparecia no visor.

Eu estava na posição de atirador de elite. Tudo estava silencioso atrás de mim.

— Vimos você passar com nossa mãe várias vezes — disse Madonna.

— A mãe de vocês? — perguntei, como se tivesse dificuldade de entender de quem ela estava falando.

— Aquela grande vadia — especificou Silsie.

— Aquela filha da puta escrota — completou Madonna.

Não respondi. Elas tinham suas opiniões sobre tia Zam, eu tinha a minha. Mas, evidentemente, aquela veemência se infiltrava em mim. Ainda que injustificada, ela tinha algo de contagioso. Depois da temporada na iurta de minhas primas, eu mal pensava em defender tia Zam, mesmo internamente.

Fizemos um intervalo. Madonna e Silsie permaneciam imóveis atrás de mim, evocando a mãe em silêncio, com cores abomináveis.

— Vimos vocês juntos várias vezes — retomou Madonna.

— Vocês pareciam se dar muito bem — reclamou Silsie.

— Ah — eu disse. — Nem tanto assim.

As duas riam baixinho às minhas costas.

— Tivemos vocês na linha de tiro — disse Madonna.

A ideia não me agradava, mas, como a conversa era descontraída, virei-me para ela e dei uma risada discreta.

— Bem, então escapamos por pouco — comentei.

Silsie balançou a cabeça.

— Não — ela disse. — Você não corria perigo. Sabíamos quem você era e não se atira sem mais nem menos em primos lindos. E nela seria impossível, mesmo que quiséssemos.

— Uma maldição nos impede de matá-la — explicou Madonna. — Somos automaticamente impedidas. Caso contrário, não teríamos hesitado.

Ela tirou o rifle das minhas mãos e inseriu um cartucho, depois o devolveu.

— Mas você poderia — ela disse.

— Eu poderia o quê? — perguntei.

— Você não foi amaldiçoado — disse Silsie.

— Se ela estiver na mira — disse Madonna —, aperte o gatilho.

Peguei o rifle, senti seu peso, enfiei-o na seteira e o apontei para o calçadão, na altura do brechó cooperativo.

Talvez minhas primas fossem um pouco bruxas. Ou muito. Na mira apareceu a silhueta de tia Zam. Ela estava apoiada no parapeito, pensativa, olhando para a água do lago.

Levantei suavemente o cano do rifle. No centro do visor, o rosto de tia Zam se estabilizou.

Confesso que não sabia direito o que fazer.

VOVÓ WOLFONG

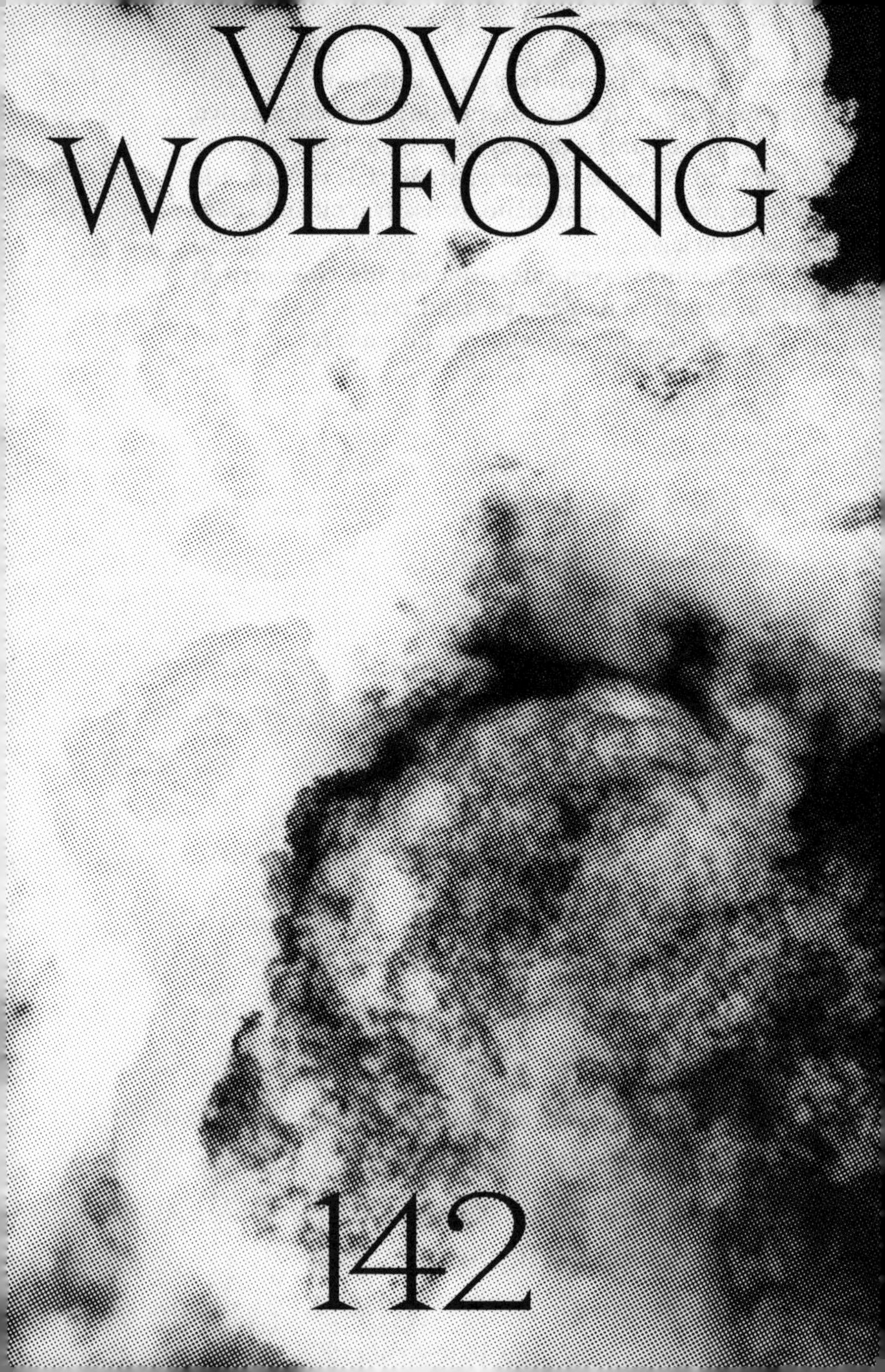

142

VOVÓ WOLFONG FOI SACUDIDA POR UM ACESSO DE TOSSE. ELA HAVIA COLOCADO NO FOGO UM PEDAÇO DE LENHA QUE NÃO ENCONTRAVA SEU LUGAR E, COMO HAVIA MEXIDO NAS BRASAS COM ENERGIA DEMAIS, UMA FUMAÇA se formara e envolvera seu rosto. Ela se obstinara e depois fechara a porta do fogão com raiva. Imagino que tenha queimado os dedos na parede de ferro fundido. Como represália ou desabafo, pegou o atiçador e bateu no corpo negro do fogão a lenha, um gesto de mau humor que conferia ao objeto a condição de animal, a condição de grande animal desobediente que precisava ser punido. Senti vontade de rir.

Vovó Wolfong estava cada vez mais desajeitada, suas forças haviam declinado muito nos últimos anos, assim como suas faculdades mentais, mas ela não queria reconhecer esse fato e se recusava a deixar a casa onde havia passado a maior parte da vida, uma velha fazenda que provavelmente desabaria após sua partida. Ela insistia em ficar ali, entre aquelas paredes que ameaçavam ruir, com suas memórias, seus cheiros e suas sombras familiares, cercada por seus numerosos gatos. Ela poderia, por exemplo, ter ido morar com sua filha Rebecca, vovó Rebecca, formar com ela um par de velhas que se dão bem, separadas por uma única geração, totalmente capazes de se entreajudar e cuidar uma da outra até o fim. Mas ela não queria.

— Não ria de mim, Sam — ela disse, colocando uma chaleira no centro da placa quente.

Eu mal havia sorrido e ela não olhava na minha direção. Devia ser muito sensível à opinião que os visitantes tinham a seu respeito. Ela estava ciente de que nem tudo funcionava bem em sua cabeça e em seu organismo e ficava complexada. Ela ficava na defensiva, como alguém que se sente injustamente atacado. Ela me observava. Esbocei um olhar inocente e projetei os lábios para a frente em sinal de negação.

Ela deu de ombros e foi se sentar. Os gatos circulavam pela sala, ainda assustados com o barulho do atiçador batendo forte no ferro quente.

— Não estou gagá, sabe — ela murmurou. — Duzentos anos e ainda não estou gagá. Minhas filhas, sim, ah sim, elas estão gagás. Mas eu, não.

Ela me deixou preparar o chá. Eu sabia onde ficavam os ingredientes e os utensílios. Não era a primeira vez que eu vinha vê-la, muito pelo contrário. Desde criança estava acostumado à penumbra que reinava entre aquelas paredes, aos cheiros daquela casa, gravetos de madeira seca, cinzas, roupas velhas com ranço de suor e gado, farinha torrada, penas de galinha, xixi de gato — e muitos outros. Eu estava acostumado, associava-os a vovó Wolfong e os apreciava. Salguei o chá, misturei com leite, servi em recipientes de madeira, pretos e luzidios.

Dois gatos tinham subido nos joelhos de vovó Wolfong. Estavam de olhos fechados. Pelo olhar de vovó Wolfong, um pouco leitoso, mas bem penetrante, e pelo esgar que retorcia sua boca entre as rugas, entendi que, sem o dizer, ela tinha uma opinião negativa sobre minha maneira de preparar o chá. Para ela, eu tinha feito tudo errado e muito mal.

O fogão já não fumegava, o cheiro do fogo já não se dissipava e eu sabia que não se dissiparia por horas. Ele não era desagradável, e o fato de impregnar minhas roupas não me incomodava. Eu preferia cheirar a fuligem, pinho e queimado do que a poeira e sujeira.

Sorvíamos a bebida escaldante em pequenos goles, soprando para esfriá-la. Olhávamos em silêncio para as chamas amarelas que estalavam atrás da vidraça. O fogão de vovó Wolfong me parecia gigantesco quando eu era menino e, mesmo agora, parecia ter proporções incomuns. Ele sempre me fascinara, pois a porta era de vidro reforçado, o que permitia assistir ao espetáculo da lenha e do carvão sendo atacados pelo fogo e depois magnificamente coroados por ele, levando horas para se dissolver. A lenha que vovó Wolfong havia colocado um pouco antes não se movera. Ela ardia e, por enquanto, atrás das ondulações flutuantes, vermelhas, amarelas, atrás de alguns buquês de faíscas, não mudava de aspecto. Eu tinha a impressão de que estava à vontade lá dentro, indiferente a seu destino, que ser devorada daquele jeito sem se degradar instantaneamente lhe agradava, e que ela contava, por muito tempo ainda, fazer bonito e se cobrir de cores magníficas.

— Que idade você tem agora, Sam? — perguntou vovó Wolfong depois de sugar ruidosamente um pouco de chá salgado.

Uma espuma branca cobria seu bigode, que era espesso e muito negro, talvez porque ela o tingisse, em um último esforço de vaidade, e também porque sua resistência ao tempo era indestrutível.

Murmurei algo ao acaso. No fundo, eu não tinha ideia. Ela não ouviu o número que eu havia mencionado, mas não me pediu para repeti-lo. Vi-a balançar a cabeça em sinal de aprovação.

— Então veja só, estamos nos aproximando, você e eu — ela falou com alegria. — Logo estaremos os dois do mesmo lado da barreira.

Concordei, inclinei-me por minha vez sobre a xícara e também produzi um barulho forte de sucção. Eu digo xícara, mas aquilo estava mais para um cilindro oco de madeira, algo entre uma caneca sem alça e um vaso. A madeira sempre deixava um gosto de pano sujo e de queijo que enriquecia o sabor do chá e que para mim estava indissoluvelmente ligado às minhas visitas à casa de vovó Wolfong.

Enquanto ainda tinha na língua um gole de líquido quente, me virei para minha avó. Para seu rosto. Uma panqueca endurecida, enrugada, onde brilhavam dois olhos que, debaixo das pálpebras, permaneciam travessos e penetrantes. E, molhada de saliva e leite, uma boca que mal se distinguia, de tanto que se dissimulava entre rugas e pelos.

Um terceiro gato havia pulado em seu colo e se misturado aos primeiros. Ela acariciava sua cabeça atrás das orelhas. Os outros estavam no chão, deitados, estirados ou ocupados fazendo uma cuidadosa higiene. Contei oito no total. Os que faltavam tinham saído para dar uma volta. Vovó Wolfong os alimentava bem cedo pela manhã e de forma escassa, eles não eram rechonchudos como os de vovó Rebecca. Ela os tratava com carinho e eles estavam acostumados à dieta espartana, nunca pediam comida miando desesperadamente, não reclamavam nada, exceto seu afeto, que ela dispensava sem reservas. Eu costumava ficar um pouco irritado que eles não viessem se esfregar em minhas pernas e pedir carinho. Eles não tinham medo de mim, mas, no que dizia respeito às relações com os humanos, vovó Wolfong era a única que contava.

A tarde estava tranquila. Do lado de fora estava frio, mas ali, perto do fogão, eu transpirava. As janelas eram escurecidas por cortinas pesadas. A sala onde vovó Wolfong me recebia era bastante grande, mas havia pilhas de caixas por toda parte, tapetes meio enrolados, baús, e tudo estava enegrecido por duzentos anos de fumaça, boa ou ruim, duzentos anos de contato com a fuligem e o hálito negro do fogo. Mais adiante, além da porta de comunicação com o quarto e os outros cômodos, adivinhavam-se outras pilhas, bacias, roupas amontoadas, cestos cheios de legumes ou madeira seca. A ordem não era a principal qualidade de minha avó. O amor pela claridade tampouco. Minha visita acontecia em um ambiente crepuscular. O fogão fornecia a maior parte da luz, com as chamas que crepitavam atrás da porta de vidro.

— Você se lembra de seu avô Djonni? — perguntou de repente vovó Wolfong.

Fiz uma careta de dúvida, que não significava nem que sim nem que não. Eu buscava na memória e não encontrava muita coisa. A imagem de vovô Djonni era para mim muito, muito vaga, sem a menor consistência.

Eu não sabia nem onde situá-la em meu improvável percurso pessoal, depois do gigantesco abismo de amnésia do qual me falavam com relutância e, sobretudo, do qual nem eu nem ninguém sabia nada — além de fragmentos esparsos, por exemplo os nomes de algumas freiras que haviam acompanhado minha existência comatosa e crisalidar, enquanto mais acima, na superfície, o mundo e suas diversas civilizações eram varridos por um vento apocalíptico. Sabrina Flor-de-Cedro, Luliane Doze-Estrelas, Fatune Tinta-Vermelha, Hannah Bela-da-Noite, Sumiko Trinta-Ladrões, Deborah Terceira-Filha, Mariya Loba-Muito-Branca. Essas figuras amadas, totalmente imaginadas e reconstruídas, me pareciam mais vivas do que a de vovô Djonni. Eu me acostumara a imaginá-las como irmãs ou velhas anciãs que eu talvez nunca tivesse conhecido, mas que guardava entre as imagens reais do meu presente, fantasiadas ou sonhadas, sem distinguir umas das outras.

Vovó Wolfong me fizera uma pergunta e eu devaneara por um instante, me lembrando sobretudo de que havia escapado da destruição geral e das devastações do tempo, como um monstro humano de longevidade monstruosamente não humana. Um momento de nostalgia preguiçosa. E então, sem transição, minha memória de repente começou a funcionar de forma desordenada, com urgência e mal. Tudo se embaralhava, minhas lembranças enganosamente forjadas depois de meu longo sono embaixo da terra, minhas lembranças de sonhos, minhas lembranças da vida atual. Os inúmeros membros de minha família surgiam diante de minha consciência em grupos ilegíveis, onde todos se confundiam. Eu talvez tivesse cruzado com vovô Djonni, ele talvez tivesse desempenhado um papel importante em minha existência, em minha infância, talvez não. Eu não tinha nenhuma resposta a dar sobre isso. Quanto a situá-lo na árvore genealógica loucamente complicada do clã, eu desistia.

Ele podia ser tanto filho ou neto de vovó Wolfong quanto seu marido ou até mesmo seu irmão ou pai.

— Djonni, em todo caso, se lembra de você — disse vovó Wolfong após um silêncio.

Ela parecia ter seguido meus pensamentos. Ela não seria a primeira de minhas avós a ler facilmente os pensamentos dos outros.

— E sabe de uma coisa? — ela perguntou.

— Hã, não — grunhi.

— Bem, ele quer te ver — ela disse.

Como eu imaginava que ela estivesse entrando em mim por telepatia, me esforcei para acolher essa última frase com prazer, como se fosse uma excelente notícia. A imagem de vovô Djonni não se formava, então a substituí por uma figura convencional. Primeiro pela de um montanhês quase completamente escondido sob uma capa de montanhês, coberto de gelo do topo do chapéu de astracã até a ponta das botas de pele de lobo. Rapidamente, porém, essa silhueta enorme e vaga mudou de aspecto. Vovô Djonni agora parecia um soldado em uniforme de combate, com uma cabeça molhada de suor e olhos parados que olhavam em minha direção e expressavam uma boa dose de medo.

Ele deve ter entrado no modo onírico, pensei, sem levar adiante minha hipótese.

Ao que tudo indicava, vovó Wolfong não havia captado em mim essa imagem desagradável de um soldado paralisado pelo terror. Ela moveu os lábios como se murmurasse algo apenas para si. Parecia satisfeita com minha atitude, que, no entanto, do meu ponto de vista, estava marcada pela incerteza e pela indecisão.

Então ela disse:

— Se ele quer vê-lo, você precisa ir.

— Bem, sim — confirmei.

Vovó Wolfong afastou os gatos que dormiam em seu colo e se levantou gemendo discretamente, pois suas articulações deviam fazê-la sofrer.

Ela caminhou até o fogão. Usou uma ponta de seu colete de lã para manusear a maçaneta e abriu completamente a porta. A lenha roncava, as chamas eram intensas, amarelo-claras rajadas de vermelho, amarelo-alaranjadas, com volutas que se retorciam no topo, subiam, desapareciam, se repetiam, se multiplicavam. A fumaça voltou a escapar do fogão.

O cheiro de madeira queimada subia às minhas narinas, muito forte, e se misturava a um odor que eu não costumava sentir na casa de vovó Wolfong, um cheiro de motor, de combustível para motor.

— Que cheiro esquisito — observei.

— Bem, sim, está queimando, está queimando bem — disparou vovó Wolfong com uma voz que, não sei por quê, tinha algo de entusiasmado.

O fogo rugia entre ela e mim.

— Vai, Sam — disse vovó Wolfong.

Olhei para ela sem entender. Ela talvez estivesse lendo meus pensamentos, mas eu não lia os dela. Tentei interpretar seu olhar. Eu percebia, acima de tudo, atrás de um véu leitoso, uma avidez inexplicável. Uma espécie de impaciência.

Nos entreolhamos em silêncio, então ela me chamou para a frente do fogo, colocou a mão em minha nuca e a empurrou. Resisti, me virei para ela com uma expressão de incompreensão. Ela parecia querer que eu colocasse a cabeça no meio das chamas. Não que eu a aproximasse para ver as chamas de perto, não. Que eu colocasse a cabeça dentro do fogão.

Cinco ou seis segundos se passaram. Ela continuava empurrando minha nuca, me guiando em direção ao fogo.

Pensei que estivesse brincando. No início, me agarrei a essa ideia. Mas ela me lia como a um livro.

— Ah não, Sam — ela protestou. — Por que eu riria de você?

Ela empurrava cada vez mais minha nuca, e eu resistia cada vez menos.

Eu quase não resistia, mas não me apressava.

Pensando bem, eu ainda tinha um longo segundo pela frente. Talvez até dois. O que me dava margem para ver tudo chegar.

Dados Internacionais de Catalogação na Publicação (CIP)
(Câmara Brasileira do Livro, SP, Brasil)

Volodine, Antoine
Viver dentro do fogo / Antoine Volodine; [tradução Julia da Rosa Simões]. —
1. ed. — São Paulo : Ercolano, 2025.

Título original: *Vivre dans le feu*
ISBN 978-65-85960-38-0

1. Ficção francesa 2. Guerra - Ficção I. Título.

25-288780 CDD-843

Índices para catálogo sistemático:
1. Ficção : Literatura francesa 843
Maria Alice Ferreira - Bibliotecária - CRB-8/7964

ERCOLANO

Editora Ercolano Ltda.
www.ercolano.com.br
Instagram: @ercolanoeditora
Facebook: @Ercolanoeditora

Este livro foi editado em 2025
na cidade de São Paulo pela
Editora Ercolano, com as famílias
tipográficas Bradford LL e
Wremena, em papel Pólen Bold
70 g/m² e impresso na Ipsis.